Für Sue und »ihre Kinder«, denen sie in ihren Büchern die Welt beschreibt. Eine Welt, die für arme Kinder immer nur in deren Fantasie existieren wird

und

für Marie Amel

Anja Matz

Eine Bonne namens Aicha

Ein marokkanisches Dienstmädchen zwischen zwei Welten

Bibliografische Information der Deutschen Nationalbibliothek:

Die Deutsche Nationalbibliothek verzeichnet diese Publikation in der Deutschen Nationalbibliografie; detaillierte bibliografische Daten sind im Internet über http://dnb.dnb.de abrufbar.

© 2016 Anja Matz

Illustration: Dirk Scheerle

Herstellung und Verlag: BoD – Books on Demand, Norderstedt

ISBN: 978-3-7412-6556-3

Wenn ich eine weiße reiche Frau wäre, dann hätte ich:

Ein Haus am Meer. Einen deutschen Ehemann. Einen italienischen Koch. Einen portugiesischen Liebhaber. Eine amerikanische Küche. Eine russische Kosmetikerin.

Rote Teppiche aus dem mittleren Atlas. Ein französisches Kindermädchen und

eine marokkanische Bonne.

Einleitung

»Bonne« heißt »Die Gute«

Ob mir das alles so gefiel, das Leben, mein Leben, eine Wahl hatte ich eigentlich nie. Meine Großmutter war eine Bonne, meine Mutter und meine Schwestern arbeiteten ebenfalls als Dienstmädchen.

Wenn man so aufwuchs und noch dazu hier in Marokko; in einem Land, wo es bis heute nur Alles oder Nichts gab, Arm oder Reich, Ober- oder Unterschicht. Man konnte sich nicht aussuchen, ob man auf eine private oder öffentliche Schule ging. Entweder man hatte das nötige Geld oder nicht. Ich war immer fleißig und nicht dumm. Ich wusste, dass ich mich vor allem im Französischunterricht anstrengen musste, das war und ist die Sprache der Zukunft, die Sprache der Franzosen, die Sprache Europas.

Mein Vater hatte immer gesagt, ich solle mit den »français« spielen, von ihnen lernen, so hätte ich eine bessere Aussicht auf eine Arbeitsstelle. »Al hamdullilah[1]« hatte ich eine gewisse Begabung, was das Französische anging, was bei uns Marokkanern nicht unbedingt selbstverständlich ist. Die Grammatik ist im Vergleich zu unserem »Darija[2]« ein Buch mit 7 Siegeln, ganz zu Schweigen von der Aussprache.

Heute ist mein Französisch ganz passabel. Die Mesdames verstehen mich und ich verstehe ihre Aufträge und Anweisungen. Wenn ich bei Madame bin, bin ich dort zum Arbeiten, ich schlüpfe in eine Rolle. Dies ist nicht meine Welt, aus der ich komme, ich spreche nicht MEINE Sprache. Ich bin nicht ich. Ich möchte Ihnen erzählen, welch' unterschiedlichen Menschen man begegnen kann und was man trotz kultureller und schichtabhängiger Unterschiede voneinander lernt. Was Mensch sein wirklich bedeutet!

Doch zunächst möchte ich von meiner Familie erzählen.

---

1 marokkanisch für „Allah sei Dank"
2 arabischer Dialekt in Marokko

Kapitel 1: Auch wir hatten eine Bonne

Geboren und aufgewachsen bin in L'Ocean, was so klingt, als wäre es nirgendwo anders als an der Côte d'Azur. In Rabat gab es jedoch eine ganze Reihe von Armenvierteln, sogenannte »Quartiers populares«. Tatsächlich hatte ich alles, was man zum Leben so braucht. Eltern, Schwestern, Omas, einen Opa, Onkels, Tanten, Cousinen, Nachbarn, Freundinnen, genug zu Essen und Bücher zum Lernen. Doch die für mich wichtigste Person war Saloua. Unsere Bonne.

Meine Mutter sagte immer, sie sei von ihrer Familie verstoßen worden. Sie hätte nicht zu ihnen gepasst. Ich frage mich bis heute, was wirklich passiert ist und ob es etwas geändert hätte, wenn ich es damals hinterfragt hätte. Hätte es etwas an der Beziehung zwischen Saloua und mir, an unserer Bindung, geändert? Ich habe sie so geliebt wie sie war, das weiß ich bestimmt. Sie sah mich an und schaute mir tief in die Seele. Sie wusste, wie sehr ich darunter litt, mich als Erstgeborene für meine kleinen Schwestern aufzuopfern. Meine Mutter arbeitete ganztags bei einer marokkanischen Familie und manchmal nahmen sie sie sogar mit, wenn sie über die Feiertage zu ihrem Ferienhaus nach Frankreich fuhren.

Vater war in einer kleinen Mehlfabrik angestellt. Er arbeitete oft mehr als 12 Stunden am Tag. Nach dem Abendgebet traf er sich mit Bekannten in einem Café. Dort spielten sie Karten und rauchten Zigaretten. Ich glaube, ich habe meinen Vater selten ohne Fluppe im Mund gesehen. Jedenfalls interessierte er sich nicht großartig für unsere Familie. Seine Mutter, meine Oma, sagte immer, er habe sich doch so sehr einen Sohn gewünscht.

Saloua war mein einziger Trost. Auch ich vermisste meine Mutter oft, auch ich brauchte Halt und Zuwendung. Heimlich hatten wir ein Mutter-/Tochterverhältnis, was sie teilweise noch mehr genoss als ich.

Als ich gerade mal 8 Monate alt war, kam sie zu uns. Für mich gehörte sie ab diesem Zeitpunkt zu unserer Familie. Meine Mutter schimpfte anfangs sehr viel mit ihr, da sie nur Tamazight, einen Berberdialekt aus dem Mittleren Atlas, sprach.»Die Sprache der Hyänen« hatte meine Mutter sie abwertend betitelt.»Die Menschen haben Angst vor den Berbern«, sagte meine Oma, die Mutter meiner Mutter, immer.»Sie werden so unglaublich alt und es gab sie schon weit vor uns.« Und so erzählten sich die alten Leute abenteuerliche abergläubische Geschichten, befragten den Djinn[3] und machten uns Kindern Angst.

Doch vor Saloua hatte ich niemals Angst. Sie sah auch überhaupt nicht beängstigend aus. Sie hatte glasklare mittelblaue Augen, einen leichten Buckel, schwere hängende Brüste und immer lange Finger- und Fußnägel, die sie stets mit Henna[4] färbte.

Für Mutter war sie letztendlich nur eine billige Arbeitskraft. Eine Bonne aus der Umgebung kam für meine Eltern nicht in Frage, die kostete zur damaligen Zeit 18 Dirham[5]. Entweder man holte sich ein Mädchen ins Haus, zumeist aus den sogenannten »Bidonvilles«[6] der Großmetropole Casablanca oder aus Tanger, wo es auch viele Waisenkinder gab. Meine Mutter hätte jedoch keine Zeit dafür gehabt, ein Mädchen auszubilden. »Zuerst musst du sie entlausen, dann bringst du ihnen kochen und putzen bei, noch nicht mal Tee können sie richtig zubereiten und am Ende, da fressen sie dir die Haare vom Kopf.« Sie war eine fleißige Frau meine Mutter, wenn dieses ständige Gejammere und ihre chronische Unzufriedenheit nicht gewesen wären.

---

3   arabischer Dämon
4   pflanzliche Farbe
5   circa 1,70 Euro am Tag
6   sehr arme Stadtviertel

Ständig stritten sich Vater und Mutter wegen des Geldes. Alles wurde haargenau aufgeschrieben. In traditionellen marokkanischen Familien ist es nun mal so, dass die Frau das Geld verwaltet. Doch Mutter übertrieb es ein bisschen mit ihrer verantwortungsvollen Aufgabe. Das Haushaltsgeld lagerte sie immer in der Küche in einer aus Zedernholz gefertigten Schatulle, welche ein kleines Geheimfach in sich trug, in dem sich der Schlüssel verbarg. Mutter dachte, nur sie wisse, wie man sie öffnen könne, doch ich habe einmal in der Medina gesehen wie dies funktionierte. Ein Holzschnitzer hatte es mir und anderen Interessierten vorgeführt. Er schüttelte die Schatulle, so dass man den Schlüssel klappern hören konnte. Dann schob er ein schmales Stück Holz an der langen Vorderseite der rechteckigen Schatulle zur Seite. Dahinter verbarg sich neben dem Schlüsselloch ein weiterer schmaler Balken mit einem kleinen Hohlraum, der sich an der kurzen Seite nach hinten schieben ließ. Er kippte die Schatulle und prompt plumpste der kleine goldene Schlüssel heraus. Alle Zuschauer klatschten und begannen zu handeln. »chamza, arba, thläthe[7].« Doch der Schnitzer wollte ganze acht Dirham dafür. Zut[8]! Das hätte ich mir im ganzen Schulhalbjahr nicht leisten können. Umso mehr überraschte

---

7 fünf, vier, drei
8 Mist

es mich, als ich eine solche Schatulle in der Küche entdeckte. Soviel verdiente Mutter ja nicht, aber vielleicht war es auch ein Geschenk gewesen. Jedenfalls versteckte ich mich einmal in der Kammer und konnte durch den Lichtspalt des alten löchrigen Balkens sehen, wie Mutter Geld dort verschwinden ließ. Dabei saß jeder Handgriff. Es sah überhaupt nicht mehr kompliziert aus. Danach stellte sie die Schatulle auf das oberste Gewürzregal neben die eingelegten Zitronen.

Zunächst dachte ich mir, dass sie die Schatulle als geheimes Sparversteck nutzte, doch sie verschwand jedes Mal in der Küche, bevor sie Saloua Geld zum Einkaufen gab. Ich hörte, wie sie einen Küchenstuhl neben den Herd schob, um an das Regal zu gelangen.

Vermutlich weil sie Vater nicht traute und es deswegen keinesfalls im elterlichen Schlafzimmer aufbewahren wollte. Im Hammam[9], welches ich mit meinen Schwestern einmal in der Woche, zumeist am Samstag, aufsuchte, hörten wir allerlei Geschwätz darüber, dass sich die Frauen des Geldes wegen mit ihren Ehemännern regelmäßig in die Haare kriegten.

---

9 marokkanisches Bad

Es war an einem Montag, an dem sich plötzlich alles veränderte.

Ich war gerade dabei die Hausaufgaben für die Schule, einen Aufsatz über die vom Aussterben bedrohten Atlaslöwen, fertig zu machen. Mutter war schon aus dem Haus gegangen, sie musste um 06:15 Uhr den Bus nehmen, um um 8 Uhr bei der Familie Cabrel zu sein.

Es war kurz vor 7 Uhr und normalerweise sah ich Saloua erst auf dem Weg zur Schule mit dem Bus aus Takadum an mir vorbeifahren. Doch an diesem Morgen kam sie früher und stand plötzlich in der Küche. Vor Schreck hatte ich mir auf die Lippe gebissen. Ein Blutstropfen tränkte das vor mir auf dem Teller liegende Hascha[10]. Meine beiden kleinen Schwestern schliefen noch. Sie sah aus wie ein Geist, leichenblass und unendlich traurig. »Saloua, um Himmelswillen, was ist denn passiert?« Sie entschuldigte sich für ihre Überpünktlichkeit. Sie habe nicht mehr schlafen können und ohnehin kein Auge zugetan. So könne sie früher mit der Arbeit beginnen und die Teppiche mal wieder reinigen. Diese wären vor Sonnenuntergang noch trocken. Auf meine eindringliche Nachfrage hin erzählte sie mir schließlich von ihrem Leiden. Seit Wochen plagten sie starke Magenschmerzen. Sie

---
10 marokkanisches Griesbrötchen

war ohnehin schon eine schlaksige Frau, doch so ausgemergelt hatte ich sie noch nie gesehen. Sie habe lange Zeit den Dschinn befragen lassen. Ob ihr jemand einen Dämon geschickt habe. Nach mehreren Sitzungen, die jegliche Geister vertreiben sollten, konsultierte sie letztendlich einen Arzt, der durch Abtasten ihres Bauches Steine feststellte. Er wollte sie auf der Stelle aufschneiden, um sie von den fürchterlichen Schmerzen zu befreien. 220 Dirham wollte er dafür haben. Sie flehte ihn an, dass sie ihm das Geld peu à peu[11] zurückzahlen würde, doch er verweigerte jegliche Hilfe ohne Vorauszahlung.

Sie hatte offensichtlich niemanden, den sie fragen konnte. Ich musste ihr helfen. Sie stand gekrümmt vor mir und konnte sich kaum auf den Beinen halten, als sie sich die Schürze umband. Von wegen Teppiche schrubben..., dachte ich. »Du musst schnellstmöglich operiert werden. Ich werde nicht zulassen, dass du stirbst, schon gar nicht hier unter unserem Dach.« »Aber...« Mehr konnte sie nicht erwidern. Ich sprang auf den Stuhl, öffnete blitzschnell die zedernhölzerne Schatulle und... Mince, Alors[12]!

---

11 nach und nach
12 Donnerwetter

Mit so einem Batzen Geld hatte ich nicht gerechnet. Hatte Mutter etwa noch einen Zweitjob, von dem ich nichts wusste?! Die Arztkosten waren dagegen Kleingeld. Ich drückte ihr 250 Dirham in die Hand und schob sie nach draußen. Sie unterwarf sich teilnahmslos, hakte jedoch ein: »Was, wenn Madame....« »Ich regel das schon«, unterbrach ich sie und winkte rasch ein Taxi herbei. Sie küsste von Tränen erfüllt dreimal meine Stirn und platzierte sich umständlich neben dem Taxifahrer. Die Schmerzen mussten unerträglich sein. »Ich werde dich besuchen kommen«, rief ich ihr noch nach, da brausten sie aber schon davon.

In der Schule dachte ich darüber nach, was ich Mutter abends sagen würde, warum Saloua heute nicht da war und dann wäre da noch die Sache mit dem Geld...

Auf den Unterricht konnte ich mich jedenfalls überhaupt nicht mehr konzentrieren. Meine Mutter war eine strenge Frau, sehr egozentrisch, wenig sozial. Mit ihrem Verständnis konnte ich keinesfalls rechnen. Nach langem Grübeln gab es nur eine einfache Lösung. Ich würde Mutter erzählen, dass Saloua mit solch schlimmen Magenschmerzen heute Morgen hier angekommen sei und ständig die Toilette im benachbarten Hammam aufgesucht habe. Die Arbeit in einem solchen Zustand zu verrichten, wäre schier unmöglich gewesen. Außerdem hätte ich auf Nummer sicher gehen wollen, wegen der Keime und so. Das würde Mutter auf jeden Fall verstehen. Für die Geschichte mit dem Geld hatte ich auf die Schnelle natürlich keine Lösung parat. Woher sollte ich soviel Geld nehmen. Ich kannte niemanden, der es mir leihen konnte. Ich besaß nichts, was ich zur Pfandleihe bringen konnte. In meinem kleinen Fach unseres Schlafzimmers befanden sich lediglich eine kleine blaue Eule, welche mir Tante Kenza einmal aus Chefchauoen als Glücksbringer mitgebracht hatte, der Koran, ein Familienerbstück, welcher seit Jahrzehnten an das älteste Kind weitergegeben wird, meine wenigen Schulutensilien und eine unbeschriebene Postkarte aus Südfrankreich, welche mir eine Mitschülerin einmal aus dem Sommerurlaub bei Verwandten mitgebracht hatte.

Ich musste darauf hoffen, dass Mutter das Geld in der Schatulle nicht ständig nachzählte bzw. dies in absehbarer Zeit nicht tat. Bis dahin würde mir schon irgendwas einfallen.

Inschallah[13]....

Dass kleine Schwestern biestig sein können, das habe ich schon oft erleben müssen, aber dass sie

---

[13] so Gott will

auch noch mit einer solchen Bösartigkeit ausgestattet sind, das ist wirklich ungeheuerlich. Als ob mir eine kleine Schwester nicht schon gereicht hätte.

Mutter kam wie immer völlig entnervt und hungrig nach Hause. Sie schimpfte schon beim Aufschließen der Wohnungstür darüber, dass Madame sie mal wieder für jede Drecksarbeit eingespannt hätte. Dazu komme, dass sie jedes mal etwas länger machte, ohne dafür extra bezahlt zu werden. Sie machte eine abfällige Handbewegung. Dadurch komme sie so spät zur Bushaltestelle, dass sie drei bis vier Busse passieren lassen musste, da die Busse um diese Zeit einfach zu voll waren. Heute war auch mal wieder so ein Tag. Sie stürmte in die Küche und rief als erstes nach Saloua während sie gebannt vom Tisch zum Herd starrte. »Wie? Wo ist das Abendessen? Saloua?« schrie sie. Die Adern ihrer Augäpfel färbten sich dunkelrot, sie atmete schwer. Ich versuchte sie zu beruhigen, drückte ihr ein Glas frischen Nanaminztee in die Hand und erklärte ihr leise, warum Saloua nicht da war und dass ich mich um das Abendessen kümmern würde. »Sie hätte mich gefälligst anrufen können«, schnaubte sie, während sie sich umständlich aus dem Mantel schälte. »Und wie sieht das nun hier aus? Und wieder nichts gebügelt, keine Einkäufe.

Die Teppiche sollte sie letzte Woche schon gereinigt haben.« Erschöpft ließ sie sich neben mir auf einen Stuhl fallen. »Das war das erste und letzte Mal, das nächste Mal schick' ich sie dahin zurück, wo sie hergekommen ist. So und nun hole den Kindern und mir etwas zu essen und mach dich danach für das Bett fertig. Ich ertrage dich heute nicht mehr in meiner Nähe. Dass du an meiner Stelle diese Entscheidung getroffen hast, das wird nicht nochmal passieren, klar?«

»Ja, Mutter.« Ich blickte nach unten auf den Boden und fühlte mich schrecklich. Ich versuchte, nicht loszuheulen. Ich dachte an Saloua und das gab mir Hoffnung.

»Übrigens habe ich auf meinen Aufsatz über die Atlaslöwen eine glatte Eins bekommen«, sagte ich beim Rausgehen. Ich drehte mich halb um und sah sie erwartungsvoll an. Doch sie stand stumm auf, öffnete die Badezimmertür und zog sie hinter sich zu.

Ich war bereits eingeschlafen, als jemand die Tür aufriss und mir die Decke wegzog. Vor mir stand Mutter mit zornerfülltem Gesicht. Sie zog mich am rechten Ohr aus dem Bett, drängte mich in die Ecke des Schlafzimmers und trat mir dabei auf die nackten Füße. Ich war so schlaftrunken, dass ich zunächst gar nicht mitbekam, was hier gerade geschah.

»Khadija hat mir alles erzählt. An meinem Geld habt ihr euch also zu schaffen gemacht? Und jetzt ist dieses Miststück wohl über alle Berge, wie? Und so was ist meine Tochter. Abfällig zeigte sie mit dem Zeigefinger ihrer rechten Hand auf mich.«

So langsam kam ich zu mir.

»Aber...« Sie ließ mich nicht sprechen. »Spare dir deine Entschuldigung. Ich werde sie nicht annehmen. DU wirst gehen, Aicha. Am liebsten würde ich dich sofort hinauswerfen. Hol dich doch der ...«

Sie winkte ab, machte das Licht aus und zog die Türe hinter sich zu.

Meine Schwestern taten so, als ob sie weiterschlafen würden. Diese kleine freche Göre. Khadija. Sie hatte also durch das Loch in der Wand zur Küche gelinst. Traurig schaute ich im Halbdunkeln in den kleinen mondförmigen Wandspiegel und begann ein langes Gebet.

Sie schickte nicht nur mich, sondern auch Saloua fort...

Und als wenn mir das alles nicht schon genug zusetzte, so teilte mir Mutter ohne jegliche sichtbare Gefühlsregung mit, dass ich nun sowieso alt genug sei, um auch etwas zur Familie beizutragen.

Ich wusste, dass dieser Tag irgendwann kommen würde, doch als es soweit war, brach eine ganze Welt in mir zusammen. Ich war hilflos und allein. Die Schule bedeutete mir neben Saloua alles.

Sie habe sich bereits umgehört und eine gute Arbeit für mich gefunden. Es seien Freunde der Cabrels. In zwei Tagen sollte ich dort anfangen. »Und mach mir ja keine Schande, Aicha.« Mutter sah mich bei diesem Satz eindringlich an. Ihre Augen waren zusammengekniffen; ihr Blick war eiskalt.

Ich war gerade 15!

Der Tag des Abschieds kam schneller, als ich denken konnte. Dies bedeutete ja nicht nur Abschied nehmen von meiner Familie. Dies konnte ich zu dieser schwierigen Zeit ganz gut verkraften. Ich musste auch Abschied nehmen von meiner geliebten Saloua.

Am nächsten Tag fuhr ich direkt nach der Schule ins Hospital, um Saloua zu besuchen. Als ich ihr Krankenzimmer betrat und sie mich lächelnd hineinbat, brach ich völlig zusammen. Ich ließ mich von Saloua auffangen und trösten. Dabei besuchte ich sie, um sie aufzumuntern und nach ihrem Wohlbefinden zu sehen. Vor lauter Traurigkeit bekam ich kaum ein Wort heraus. Saloua blickte mich besorgt an. »Wie geht es dir denn überhaupt?«, hörte ich mich leise fragen. »Ich habe so gut wie keine Schmerzen mehr. Die Operation war gerade noch rechtzeitig, meinte der Arzt. Aicha, wie soll ich dir jemals dafür danken? Du hast mir das Leben gerettet. Das Geld, ich muss...« Ich ließ sie nicht aussprechen.

»Saloua, das hat sich erledigt, leider.« Saloua richtete sich auf und schaute mich fragend an. »Mutter weiß über alles Bescheid. Sie schickt mich weg und dich auch. Saloua, es tut mir alles so leid, dass du deine Arbeit verlierst, dass wir uns vielleicht nie wieder sehen, dass ich die Schule aufgeben muss und...« Ich verlor meine Stimme und rang nach Luft.

»Was? Wie? Das verstehe ich nun aber nicht. Was hat das mit dir zu tun?« Und während ich versuchte, ihr Mutters Entscheidung mitzuteilen, lag ich schluchzend in ihren Armen und sie streichelte meinen Kopf, während sie mich wie damals, als Baby, hin und her wog.

»Aicha, ich werde immer für dich da sein, wenn du mich brauchst. Ohne dich würde ich wahrscheinlich nicht mehr leben. Es wäre alles nichts mehr wert. Du hast mich gerettet, du wirst immer einen Schutzengel haben und es wird dir großes Glück widerfahren. Glaube mir! Du wirst deinen Weg gehen. Du hast das Herz am rechten Fleck und du bist ein wahrhaft großartiger Mensch. Vergiss das nie.« Sie drückte mich fest an sich. Ich wusste, dass es keinen Ausweg gab und dass ich nicht versagen durfte. Die Entscheidung war gefallen und ich würde das Beste daraus machen.

Zwei Tage später wurde ich mit gepacktem Koffer, der eigentlich nur halbvoll war, von Ali, der einen kleinen Transporter hatte, zu »meiner neuen Familie« gebracht.

Der Abschied von Mutter war kurz und schmerzlos. Vater klopfte mir auf die Schulter und brachte nicht mehr als ein gequältes »Lebewohl« heraus. Meine Schwestern waren bei meiner Tante, wie so oft an schulfreien Mittwochnachmittagen. Sie gingen dann meistens an den Strand und meine Tante kaufte ihnen Zuckerwatte. Früher hatte mir das auch noch zugestanden.

Mir war schlecht. Ich schüttelte die Gedanken ab und stieg schließlich zu Ali in den Transporter, ohne mich noch einmal umzudrehen.

Kapitel 2: Die Japaner

Eine Stadt, in der man geboren und aufgewachsen, ansonsten aber noch nicht großartig herumgekommen ist, erscheint einem riesig!

Das wurde mir bewusst, als wir nach Hay Riad[14] fuhren.

Ali kannte sich hier genauso wenig aus wie ich und so dauerte es eine halbe Ewigkeit, ehe wir die Avenue de Princesse No. 67 erreichten. Ali konnte ja nicht lesen und ich gab mir ehrlich gesagt keine große Mühe diese Straße zu finden. Ein Gärtner, welcher gerade dabei war, mit einer offenbar ganz und gar stumpfen Schere die Rosensträucher zu stutzen, beschrieb uns letztendlich den Weg. Ali stoppte vor einem Wächterhäuschen und drängte mich mit einem Fingerzeig auf die Uhr aus dem Fahrzeug. Mutter hatte ihn vorher instruiert, dass Pünktlichkeit für Ausländer sehr wichtig sei. Ich stieg langsam aus und stellte fest, dass es hier ganz anders roch als in L'Ocean. Der Duft des Atlantiks lag nicht mehr in der Luft. Es war, als drückte mir jemand die Kehle zu. Ich fühlte mich so leer.

---
14 Nobelvorort Rabats

Ahmed, der Wächter, räusperte sich. Meine Tasche hatte er schon heruntergenommen. Er blickte mich verstohlen an und wies mich in Richtung Eingangstor, welches er bereits für mich geöffnet hatte. Als ich durch das Tor ging, blieb mir fast die Luft im Halse stecken.

»Mince Alors!«, entfuhr es mir leise. Mit solch einem prachtvollen Anwesen hatte ich nicht gerechnet. Vor mir lag eine große moderne Villa, mit einem runden Erkertürmchen über dem Eingang und mehreren Balkonen.

Neben dem Eingangstor befand sich die großzügige und mit Mosaiksteinchen bestückte Einfahrt, auf welcher ein Toyota Kombi mit einem Kindersitz geparkt war. Gesäumt war die lange Einfahrt, auf welche locker zwei Stadtbusse passten, durch hohen Bambus, Bananenpflanzen und blühenden Hibiskus. Daneben schloss sich der äußerst gepflegte Garten an, der um das Haus herum zu führen schien. Neben der Haupteingangstür blühten rosé- und fliederfarbene Hortensien. Zwei Palmen und ein Mandarinenbaum schmückten den Vorgarten.

Ich stand gedankenverloren da, als Ahmed mich rüttelte und aufforderte, einzutreten. Die Madame sei im Haus und ich solle mich gefälligst erst mal vorstellen. Ich schob die schwere Türe auf und blickte in den offenen Salon. Ein Brunnen plätscherte leise vor sich hin und es roch nach Zitronenkuchen und Tee. Ich legte fix meinen Hijab[15] ab und betrachtete mich in einem kleinen Spiegel neben der Garderobe.

Ich war weder besonders schön noch hässlich. Meine müden Augen deuteten auf eine nicht gerade schlafreiche Nacht hin. Ich hatte mich wie so oft in der letzten Zeit gefragt, was passiert wäre, wenn ich Mutters Geld nicht genommen hätte. Was, wenn ich noch ein paar Jahre zur Schule, vielleicht sogar zur Universität, gegangen wäre?

Ich schob meine Haarklammern ein Stück höher, als die Hausherrin plötzlich neben mir stand.

»Bonjour... ähm....ton nom?« »Bonjour Madame, ich heiße Aicha.« Ich verbeugte mich. Sie gab mir zu verstehen, dass sie Madame Shiori sei und dass sie nicht besonders gut Französisch spreche, aber einen Kurs besuche, um sich zu verbessern. Sie strahlte mich an und zog mich durch den Salon in die Küche. Sie war mir auf Anhieb sympathisch, woraufhin mir ein großer Stein vom Herzen fiel. Sie trug ein japanisches Gewand mit hohem Kragen. Sie war eine ausgesprochen schlanke Frau. Ihr zartes Gesicht erinnerte mich an eine Puppe, so wie

---

15 Kopftuch

sie die Mutter einer Schulfreundin in einer Vitrine aufbewahrte. Ihre dünnen, langen schwarzen Haare hatte sie locker mit einem roten Band zusammengebunden. Sie bewegte sich außergewöhnlich sanft und leise, fast wie eine Katze.

Neben der Küche befand sich, wie fast in allen Häusern, der Raum für die Hausmädchen. Madame öffnete die Tür und schaltete das Licht an. Es gab kein Fenster, dafür aber ein Waschbecken, einen Spiegel, eine Matratze mit Decke und Kissen, eine kleine Lampe sowie eine winzige weiße Kommode mit einer Schublade. Prima, dachte ich, das ist ja wie zu Hause. Und hier hatte ich sogar einen eigenen Schlafraum, nur für mich.

Ich lächelte und Madame Shiori lächelte zurück. Sie gab mir zu verstehen, dass ich mich nun erst mal in Ruhe einrichten sollte.

Ich zog den kleinen Teppich aus meiner Tasche und kniete mich zum Gebet nieder. Plötzlich sprang jemand neben mir auf die Matratze. Es war ein kleiner Junge, er lachte und hielt mir eine Blüte vor. Ich nahm sie dankend an und legte sie neben mein Kopfkissen. Prompt war er auch schon wieder verschwunden. »Hiroko«, rief Madame. Ich beendete eilig mein Gebet und ging in die Küche. Madame schnitt gerade etwas Obst in dünne Scheiben. »Hiroko, das ist mein Jüngster«, sie deutete auf den kleinen Jungen. »Der andere ist oben in seinem Zimmer. Er heißt Yoshi, was soviel wie Glück bedeutet. Leider haben wir dieses überhaupt nicht mit ihm, seit wir hier her gekommen sind.« Sie drückte Hiroko den Obsteller in die Hand, welcher daraufhin zum Fernseher zurückflitzte, wo er sich gerade einen Comic ansah. Madame gab mir zu verstehen, dass sie mir nun erst mal das Haus zeigen und mir meine Aufgaben erklären würde.

Oben befanden sich neben den beiden Kinderzimmern, zwei Bäder, zwei Gästezimmer, ein Spielzimmer und das Schlafzimmer der Eltern, von welchem ein großer Balkon hinaus ging, von dem man am Horizont das Meer sehen konnte. Von allen anderen Zimmern ging jeweils ein kleiner Balkon ab. Yoshi sollte ich später kennenlernen, er würde gerade Hausaufgaben machen. Er würde momentan sowieso niemanden an sich heran lassen. Er hätte nicht aus Tokio weg gewollt. Er sei frisch verliebt gewesen und es habe ihm das Herz gebrochen, als die Familie nach Rabat gezogen war.

Der Schrank mit den Putzutensilien befand sich im Keller. Im Erdgeschoss befanden sich neben dem Salon ein großes Büro von Monsieur, ein kleinerer Salon sowie ein Salon marocain[16].

---
16 offizieller Empfangsraum mit marokkanischer Sitzecke

Zum Keller führte eine schräge dunkle Treppe. In den drei Kellerräumen standen mindestens zwei Dutzend Umzugskartons, teilweise noch gefüllt. Rundherum tummelten sich Spinnweben und Kakerlaken. Hier würde ich anfangen, dachte ich mir. So ein großes Haus hatte ich zuvor noch nie geputzt. Ich musste gut überlegen, um das alles zu schaffen.

Ich sah auf die Uhr. Es war 14:15 Uhr. »Mittwochs haben die Kinder eher aus«, sagte Madame. Bis zum Abendessen blieb noch etwas Zeit. Madame hatte schon alles eingekauft. Eine Tajine mit St. Pierre-Fisch sollte es geben. Ich zog meinen Putzkittel an und zog ein Haarband über meinen Kopf. Ich säuberte zunächst die Fische sorgfältig, wusch das Gemüse und schnitt es in mundgerechte Stücke. Mit dem Aufsetzen der Tajine konnte ich mir noch etwas Zeit lassen.

Dann machte ich mich an die Arbeit im Keller. Nach zwei Stunden hatte ich einigermaßen einen Überblick gewonnen. Mince alors! Damit könnte man ein weiteres ganzes Haus füllen, dachte ich. Es waren zum Glück schon mehrere Regale aufgebaut, so dass ich die Sachen aus den Kartons direkt einräumen konnte. Als mir ein altes Fotoalbum in die Hände fiel, konnte ich nicht anders, als einen Blick hineinzuwerfen. In dem Album befanden sich

Hochzeitsbilder. Ich erkannte Madame sofort. Sie war damals noch dünner und zarter. Neben der großen Hochzeitsgesellschaft waren im Hintergrund schneebedeckte Berge zu sehen. Ob es so in Japan aussieht, fragte ich mich. Es könnte auch im Atlasgebirge in Marokko gewesen sein, dachte ich mir und musste darüber schmunzeln. Ein Kinderschrei riss mich aus meinen Gedanken. »Papa, Papa«, hörte ich Hiroko rufen. Madame rief mich nach oben, um mich ihrem Mann vorzustellen. Ein hagerer aber stattlicher Mann. Er drückte mir seine Aktentasche in die Hand und bat mich darum, ihm einen grünen Tee zuzubereiten.

»Aber Schatz«, entgegnete Madame. »Sie ist erst seit ein paar Stunden hier. Ich habe ihr noch nicht gezeigt, wie du deinen Tee am liebsten magst. Ich mach dir schnell einen.« »Aicha, können wir in einer Stunde essen?«, fragte sie auf dem Weg in die Küche.

»À votre service, Madame[17]«, entgegnete ich und machte mich an die Arbeit. Der große Messerblock sah unheimlich aus. So etwas hatte ich bislang nur im Fernsehen gesehen.

Ich rieb den Fisch von allen Seiten mit einer speziellen Gewürzmischung ein und legte ihn auf

---

17 Gern geschehen, Madame.

das Gemüse in die Tajine. Rundherum setze ich zwei Hand voll kleine Kartoffeln und streute Lauchringe darüber. Die Knoblauchzehen legte ich grob geschält im Ganzen mit dazu und streute ein paar in etwas Salz zerstoßene Safranfäden darüber. Dann setzte ich den schweren trichterförmigen Deckel auf die Form und stellte die niedrigste Gasflamme ein.

Nachdem ich den Esstisch im Salon gedeckt hatte, duftete es bereits aus der Küche. Ich schmeckte die Tajine mit Kreuzkümmel und milder Paprika ab und gab Madame Bescheid, dass ich nun servieren könne. Sie trommelte daraufhin die Familie zusammen.

Mein Magen knurrte. Ich musste noch warten und darauf hoffen, dass etwas übrig blieb. Währenddessen machte ich mich daran, die Küche aufzuräumen. »Hier Aicha, das ist deine Portion. Iss!, bevor es kalt ist«, hörte ich Madame plötzlich hinter mir sagen.

»Merci beaucoup Madame«, sagte ich und verbeugte mich. Madame brachte mir einen gut gefüllten Teller. Ich schloss die Küchentür und machte mich hungrig darüber her.

Ich kannte mich schnell mit allem aus und Madame lobte meine Arbeit und meine Kochkünste.

Ich dankte Saloua jeden Abend in meinen Gebeten dafür. Ohne sie würde ich all das nicht beherrschen.

Den älteren Sohn Yoshi bekam ich so gut wie nie zu sehen. Wenn er von der Schule kam, vergrub er sich in seinem Zimmer und hörte Musik. Er vermied es mit seiner Familie, geschweige denn mit mir, zu sprechen. Wir waren ungefähr im selben Alter. Zwei völlig unterschiedliche Leben, dachte ich mir. Das Unglück war ihm ins Gesicht geschrieben. Wenn er nur wüsste, wie sehr sich unser Schicksal ähnelte.

Eines Abends, als ich mit Bügeln fertig war, ging ich in sein Zimmer. Ich war mir sicher, dass er noch beim Französischunterricht war. Doch da saß er wider Erwarten auf dem Fußboden und starrte auf das Foto eines japanischen Mädchens. Ich murmelte eine Entschuldigung und wollte schnell wieder kehrt machen. »Sie hat mich verlassen«, sagte er plötzlich in verständlichem Französisch. Er hatte offenbar geweint. »Hast du einen Freund, Aicha?« »Nein, ich bin Muslimin«, entgegnete ich. »Aber weißt du, was Liebe ist und wie sie sich anfühlt?«, hakte er nach. »Ich, ähm..., darüber reden wir nicht. Uns steht es nicht zu. Meine Eltern suchen einen Mann für mich aus, wenn die Zeit gekommen ist. Den werde ich dann lieben.« »Aber das kannst du doch vorher nicht wissen, ob du ihn lieben kannst«, sagte Yoshi entsetzt. »Nein, darum geht es nicht. Man muss nicht lieben, um eine Familie zu sein und Kinder zu bekommen. Bei uns ist das anders.«

»Komische Religion«, entgegnete Yoshi. »Es ist alles vorgegeben. Unser Leben richtet sich einzig und allein nach dem Koran. Das macht vieles leichter«, erklärte ich und zwinkerte ihm zu. Yoshi blickte mich verständnislos an. Madame kam die Treppe herauf und war sichtlich überrascht uns miteinander reden zu sehen. »Ich werde dann mal das Abendessen vorbereiten«, sagte ich schnell und ging nach unten.

Bis zu diesem Tage hatte ich niemals darüber nachgedacht, wie wir im Vergleich zu anderen Kulturen und Religionen leben. Mir ging Yoshis fragender Blick nicht mehr aus dem Kopf und ich hoffte, dass wir irgendwann Gelegenheiten finden würden, das Gespräch noch einmal weiterzuführen.

Nach dem Abendessen bat mich Madame in den Salon und sagte, dass sie mir etwas vorschlagen wolle. Sie erzählte mir von zwei Freundinnen, welche für ihre Bonnes einen Französischnachhilfekurs organisieren wollen. Sie fände es gut, wenn ich auch daran teilnehmen würde. Ihre Freundin habe schon eine Lehrerin am französischen Institut gefragt, ob sie einmal in der Woche Zeit habe, uns privat zu unterrichten. Die Kosten würden sie natürlich übernehmen.

Sie blickte mich erwartungsvoll an. Ich war völlig überwältigt. Noch nie zuvor hatte mir jemand ein solches Geschenk machen wollen. Ich vermisste die Schule und das Lernen. Ich war überglücklich und wäre Madame am liebsten um den Hals gefallen. In dem Moment kam Yoshi herein und sagte: »Dann kannst du mir ja Nachhilfe geben.« Wir sahen uns erstaunt an und lachten. »Es geht schon übermorgen los, Aicha. Der Unterricht wird immer abwechselnd bei uns oder bei einer der anderen Bonnes sein. Die wohnen aber alle hier im Viertel, so dass du zu Fuß hingehen kannst. Ahmed zeigt dir den Weg.«

Ich verbeugte mich aus Dank vor Madame und küsste ihre zierliche Hand.

Am Nachmittag des übernächsten Tages gingen Ahmed und ich die schmale Straße Richtung Supermarkt entlang. Madame hatte mir extra einen Block und Stifte zurechtgelegt. Ich war so gespannt auf die anderen beiden Bonnes und natürlich auf die Lehrerin.

Wir trafen uns zur ersten Stunde bei der Familie Akrami. Eine marokkanische Großfamilie der Oberschicht. Die Mesdames kannten sich aus dem Fitnessstudio. Ahmed erzählte mir, dass sie vier Söhne hätten. Schon allein dadurch seien sie hoch angesehen in Hay Riad. Als ich vor der Tür stand, kam mir schon der Duft von marokkanischem Minztee entgegen. Ich dachte an zu Hause und an Saloua. Ein flaues Gefühl machte sich in mir breit.

Ein nicht viel älteres Mädchen als ich öffnete die Tür. »Salam[18]! Du musst Aicha sein. Ich bin Rokia. Die Lehrerin und Fatima sind noch nicht da, aber sie kommen sicher gleich.« Rokia war ein zierliches Mädchen mit weichen Gesichtszügen und großer gebogener Nase. Sie war gerade dabei den Tee zuzubereiten. Ich musterte sie intensiv und während sie in der Küche hantierte, rutschten die Ärmel ihrer Arbeitsdjellaba[19] zurück, so dass einige dunkelrote Narben an den Innenseiten der Unterarme sichtbar wurden. Plötzlich lief mir ein eiskalter Schauer den Rücken herunter. Ich war geschockt. Was hatte das nur zu bedeuten? Es klopfte. Fatima, die Bonne der französischen Familie und die Lehrerin Anne-Marie trafen zeitgleich ein.

Wir nahmen ausnahmsweise im Salon Platz und Rokia servierte uns den heißen Tee. Anne-Marie war uns allen auf Anhieb sympathisch. Sie war kei-

---
18 Kurzform von Salam-al-laikum
19 Djellaba = traditionelles, lang wallendes Gewand

ne von den herkömmlichen Französinnen. Keine Spur von Arroganz oder Schnippigkeit. Sie freute sich über unsere Bereitschaft unsere Französischkenntnisse auszubauen. Jede von uns sollte zunächst etwas von sich erzählen. Dabei konnte sie sich direkt ein Bild von unserem Sprachniveau machen.

Fatima kam aus Tanger. Sie habe 7 Geschwister und arbeite seit circa einem Jahr bei den Franzosen. Die Schule habe sie schon vor zwei Jahren verlassen. Sie würde während des Ramadans nach Hause fahren. Dann kämen immer alle zusammen und es gäbe jeden Abend ein Fest.

Rokia wirkte unruhig. Sie wollte so schnell wie möglich mit dem Unterricht beginnen. Über die Familien, denen wir dienten, verloren wir kein Wort.

Anne-Marie ging zunächst grammatikalische Basisübungen mit uns durch. Schnell wurde mir klar, dass ich einige Lücken hatte. Ständig vermischten und verwechselten wir marokkanische und französische Wörter. Die ersten 90 Minuten gingen so schnell vorbei. Bevor wir gingen, vereinbarten wir einen neuen Termin für die nächste Woche und einigten uns darauf, dass wir uns dann bei Familie Shiori treffen würden. Als wir in den Vorgarten hinaustraten, hörte ich wie eine männliche Stimme eindringlich Rokias Namen von der oberen Etage des Hauses rief. Ich zuckte richtig zusammen. Der Wächter schloss das Tor hinter uns und Anne-Marie nahm uns noch ein Stück in ihrem Auto mit.

Am Abend erzählte ich Madame Shiori freudestrahlend vom ersten Unterricht und dankte ihr ausgiebig, in dem ich dreimal ihre rechte Hand küsste. Rokia ging mir an diesem Tag jedoch nicht mehr aus dem Kopf und auch in den nächsten Wochen musste ich öfters auf ihre vernarbten und teilweise auch verbundenen Arme starren. Manchmal bemerkte sie meine Blicke. Dann drehte sie sich weg und verdeckte beschämt ihre Arme.

Wir machten schnell Fortschritte. Fatima war überaus clever und überraschte Anne-Marie mit wortgewandten Ausführungen. Rokias Wortschatz hingegen reichte nicht weit über das Küchenvokabular hinaus. Ohnehin war sie die meiste Zeit sehr abgelenkt. Oft starrte sie gedankenverloren auf ihr Unterrichtsheft und brauchte ziemlich lange für eine Antwort, wenn die Lehrerin sie aufforderte. Einmal bat Anne-Marie sie nach dem Unterricht bei Fatima, sich noch einen Moment zu ihr ins Auto zu setzen. Ich streichelte noch eine Weile die Babykatzen bei Fatimas Familie, den Garniers, und wollte mich gerade auf den Rückweg machen, als Rokia weinend und schluchzend aus Anne-Maries Wagen ausstieg. »Oh nein, Rokia, was ist denn passiert? Kann ich dir...?« Da winkte sie auch schon ab und vergrub ihr Gesicht in ihrem Hijab. »Aber Rokia...« »Lass mich Aicha, ich...«, sie wendete sich ab. Ich zog sie am Ärmel, drückte sie schnell an mich und nahm sie fest in die Arme. Rokia ließ sich auffangen und weinte völlig außer sich. Als sie sich etwas beruhigt hatte, drängte sie darauf, schnell zurück zu müssen. Es gäbe sonst richtig Ärger. »Aber willst du mir nicht erst erzählen, warum du so traurig bist?« fragte ich. »Nein, nicht jetzt. Aber wenn wir uns vielleicht später oder morgen früh, ganz früh, an der Moschee treffen können?« »Okay, das geht Rokia. Um 07:30? Ich werde da sein.« »Inschallah«, entgegnete sie.

Rokia warf mir noch einen Kuss zu und ging eilig zurück.

Am nächsten Morgen, während alle noch schliefen, schrieb ich Madame Shiori einen Zettel, dass ich unterwegs sei, um Eier zu besorgen. Rokia hatte einen Korb dabei und saß auf der Bordsteinkante neben der Moschee. »Aicha, ich kann nicht lange bleiben und ich darf auch mit niemandem darüber reden, aber ich vertraue dir. Schon vom ersten Moment an.«

»Du kannst mir alles sagen. Wir sind doch wie Schwestern. Wir haben dasselbe Schicksal.« Rokia klatschte auf meine Hand und versuchte zu lächeln. »Dasselbe Schicksal«, murmelte sie. »Nicht ganz, meine liebe Aicha.« Sie blickte mich todernst an. »Es gibt keinen Ausweg für meine Situation, aber ich möchte dir dennoch erzählen, wie sehr mich Allah bestraft. Jeden Tag.«

Ich musste schlucken und wartete gespannt ab. In den darauffolgenden Minuten verstand ich die ganze Welt nicht mehr. Rokia erzählte etwas, von dem ich niemals geglaubt hätte, dass so etwas Furchtbares überhaupt möglich ist. Dass Menschen beziehungsweise Männer so etwas tun können. Mir wurde übel.

Sie erklärte, dass die Söhne der Familie Akrami sich an ihr vergingen. Sie zwangen sie dazu, sich ihnen hinzugeben. Sexuell. »Manchmal holen sie mich mehrmals täglich zu sich. Alle! Ausser Mustapha.« Ich drückte ihre Hand und sagte leise: »Deswegen hast du...« »Ja, Aicha«, unterbrach sie mich. »Aber ich habe nie richtig versucht, mir das Leben zu nehmen. Du weißt, was Allah mit Menschen macht, die sich selbst umbringen...« Sie stockte einen Moment. Ich drückte sie fest an mich und spürte, wie sie zitterte.

Dann fuhr sie fort: »Aber ich schwöre dir, ich hasse mein Leben. Ich hasse meine Eltern. Ohne sie wäre ich niemals hier und...« Ihr Schluchzen unterdrückte ihre Stimme.

»Rokia, arme Rokia. Ich helfe dir. Es muss einen Ausweg geben! Hast du schon mal mit Madame und Monsieur Akrami gesprochen?« Sie sah mich entgeistert an. »Du glaubst doch nicht etwa, dass die das nicht mitbekommen!«, sagte sie aufgebracht. Der Muezzinruf[20] ließ uns aufschrecken. »Rokia, es tut mir leid, aber ich muss. Das Frühstück muss um 08:30 Uhr fertig sein.« »Ich muss auch zurück«, entgegnete ich. »Sprich mit niemandem darüber, hörst du. Sie würden mich vermutlich umbringen oder den tollwütigen Hunden in Temara zum Fraß vorwerfen, wenn sie wüssten, dass ich mit dir darüber gesprochen habe.« Rokia blickte mich sehr ernst an, als sie das sagte. »Ich verspreche dir, dass ich mir etwas einfallen lasse«, versprach ich und küsste Rokias Stirn. Dann holte ich schnell noch die Eier und rannte zurück in die Rue al Arz.

»Guten Morgen Aicha. Gut geschlafen?«, fragte mich Monsieur gut gelaunt. Monsieur und Madame warteten bereits am Frühstückstisch. Gut, dass ich den Kaffee bereits aufgesetzt hatte, bevor ich mich mit Rokia traf. »Ja, danke. Ich hoffe, der Nachbars-

---

20 Ausrufer, der die Muslime zum Gebet aufruft

hund hat sie durch das Gekläffe nicht allzu sehr gestört.« »Der Hund?«, entgegnete Monsieur Shiori fragend. »Sie meinen doch wohl eher die Katze, nicht wahr?«, fragte er. »Man könnte es auch für einen Hund halten, Liebling«, wandte Madame ein. Ich stand mit dem vollen Frühstückstablett vor dem Esstisch und sah die beiden verständnislos an. Madame erklärte mir dann lächelnd, dass hinter dem Haus seit gestern eine dreifarbige Katze liegen würde. Die Katze habe die halbe Nacht gemauzt. Vermutlich sei sie verletzt. Es solle sie aber niemand anfassen, da man ja nie weiß, was solch ein wildes Tier für Krankheiten mitbringt. Der Gärtner würde am Vormittag vorbeikommen und die Katze wegbringen.

»Ach, Aicha«, wechselte Madame das Thema. »Würdest du am Nachmittag bitte mit Yoshi in die Medina gehen und ihm bei der Suche nach einem Kaftan helfen?« Ich blickte Madame erstaunt an und nickte. »Er hat am Wochenende eine Feier an der Schule, bei der alle Schüler in traditionellen marokkanischen Gewändern erscheinen sollen«, erklärte sie rechtfertigend. »Ja, Madame, natürlich. À votre service«, entgegnete ich.

Kapitel 3: Von guten Taten am heiligen Freitag

Nachdem ich den Frühstückstisch abgeräumt hatte, machte ich mich auf die Suche nach dem nächtlichen Störer. »Miez miez miez«, rief ich und hörte daraufhin ein leises Mauzen. Neben der Garage, direkt unter dem Fenster des Schlafzimmers von Madame und Monsieur, sah ich sie zusammengerollt im Gras liegen. Als ich mich der Katze näherte, hob sie den Kopf und blickte mich mit trüben Augen an. Sie war wirklich eine von der hübschen Sorte. Grau, grün und schwarzes Fell wechselte sich ab. »Ksksksks«, zischte ich. Die Katze machte Anstalten sich zu bewegen, doch sie kam nicht von der Stelle. Irgendetwas hinderte sie daran.

Ich schaute mich um, ob Madame mich sehen konnte. Sie wollte ja nicht, dass jemand die Katze anfasste. Dann brach ich ein langes Stöckchen von der Hecke ab und drückte es vorsichtig gegen die Katze. Sie mauzte laut auf und sank noch weiter in sich zusammen. Um Himmels willen! Ich schlug die Hände vor's Gesicht. Die Katze schien ernsthaft verletzt. Ich entschied mich zunächst, nicht weiter Aufsehen um die Katze zu erregen und auf Ali, den Gärtner, zu warten.

Ali war eine hagere Erscheinung mit wenigen Zähnen, einem Schnauzbart und hängenden Schultern. Er roch schon von weitem stark nach Zigarettenqualm. Ich trat vor die Tür und tat so, als säuberte ich die Eingangstüre. »Salam-al-laikum[21]«, brummte er. »Al-laikum-Assalam[22]«, entgegnete ich. Ali hatte so etwas an sich. Ich konnte ihn nicht ausstehen. Ich konnte mir vorstellen, dass er nicht besonders nett mit seiner Frau umging.

Er holte das Gartenwerkzeug aus der Garage und klemmte sich die Leiter unter den Arm. Als er um das Haus herumgegangen war, eilte ich hinterher und zeigte auf die immer noch in unveränderter Lage liegende Katze. Ali schürzte die Lippen. »Schnu[23]?« »Ich weiß nicht, was sie hat. Kannst du mal nachsehen. Du hast doch die dicken Handschuhe.« Wider Erwarten streifte er sofort die Handschuhe über und hob die Katze vorsichtig an. »Aicha komm, guck mal.« Er winkte mich heran. Ich trat näher und sah, dass die Katze offensichtlich kurz davor war, Kleine zu bekommen. »Wir müssen ihr helfen, Ali. Die Nächte sind so kalt und es soll wieder Regen geben.« Ali sah mich fragend an. »Jetzt lass uns überlegen, wo wir sie unterbringen können«, sagte ich. »Ich sag's der Madame«, ent-

---
21 Friede sei mit dir
22 Friede sei auch mit dir
23 was

gegnete Ali. »Nein nein, das ist zu gefährlich. Am Ende wird sie es ablehnen, womöglich noch aus Angst, sie könnte auf den Katzenbabys sitzen bleiben.« »Da draußen laufen Hunderte dieser Viecher herum«, entgegnete Ali. »Diese hier ist etwas Besonderes. Dreifarbig! Schau sie dir doch nur mal genauer an«, forderte ich ihn auf. »Ich kann da nichts dran finden. Außerdem habe ich Besseres zu tun. Und du doch sicherlich auch.« Er stand da mit in die Hüfte gestützten Händen und sah mich verächtlich an. »Ali, bitte. Sie darf nicht umsonst auf dieses Grundstück gekommen sein und außerdem ist heute Freitag. Da tut man Gutes.«

Ali rollte mit den Augen und sagte schließlich: »Also gut. Sieh zu, dass du einen Karton im Keller findest. Wir bringen sie rüber in den Geräteraum neben der Garage. Da ist es trocken.« Ich strahlte vor Freude und lief schnell in den Keller. »Hier Ali«, sagte ich kurz darauf. »Da kannst du sie rein setzen. Wir müssen uns beeilen. Die Jungs kommen gleich in den Garten. Madame hat ihnen frische Luft verordnet. Ich versuche, etwas Milch für die Arme herauszuschmuggeln.« Ali legte die Katze vorsichtig in den Karton und brachte sie in den Geräteraum.

Am Abend schaute ich nochmal nach ihr. Sie saß immer noch kauernd da und zitterte sogar etwas.

Ich holte einen alten Kittel und legte ihn in die Kiste. Ich betete, dass sie und ihre Babys es schaffen würden, bevor ich das Licht ausmachte.

Hirokos Geschrei am nächsten Morgen weckte mich. »Aicha! Kannst du bitte mal herauskommen?«, hörte ich dann plötzlich Madames Stimme fragen. Ich zog schnell meine Djellaba über und band den Hijab locker um den Kopf. »Bonjour Madame. Ist was passiert?«, fragte ich besorgt. »Aicha, hast du eine Ahnung, wie die Katzenbabys in unsere Garage kommen?« »Ich, ähm... Ali und ich...«, stammelte ich und schaute beschämt zu Boden.

»Ali? Ali hat das gemacht?«, fragte Madame ungläubig. »Ich kann das erklären, Madame«, entgegnete ich schuldbewusst. »Wir wollten die Katze nur retten. Und ihre Babys auch. Es war doch so kalt und hat geregnet.« »Mama, schau doch, wie süß sie sind. Ich werde sie gleich mit hoch nehmen und Yoshi zeigen. Der wird vielleicht Augen machen.« Hiroko war völlig außer sich vor Glück.

»Zwei haben es leider nicht geschafft«, sagte Monsieur betroffen. Er hatte die zwei toten Embryos bereits in eine Tüte gepackt, bevor die Jungs sie sahen. »Die Katzenmutter sieht auch schlecht aus«, fügte er hinzu. »Ich kümmere mich um sie«, sagte ich schnell. »Aicha, über diese Aktion sprechen wir noch. Ali wird nachher nochmal zum Rasenmähen vorbeikommen. Heute scheint es mal nicht zu regnen. Dann möchte ich mit euch beiden reden.« Bedrückt sah ich zu Boden und nickte.

Yoshi war zunächst nicht besonders angetan von dem kleinen Kätzchen. Er erzählte, dass seine Freundin in Tokio auch eine Katze gehabt habe. Es sei eine Perserkatze gewesen, mit ganz buschigem Fell. Er holte die Kamera und knipste das kleine tollpatschige Wesen.

Die Katzenmutter hatte offenbar Schmerzen. Sie kauerte in einer Ecke des Kartons. Die Milch hatte sie nicht angerührt. Nach dem Frühstück kam Ali, mit grimmigem Blick und dem Rasenmäher auf seinem Mopedgepäckträger, angebraust. Obwohl er offensichtlich schlechte Laune hatte, lief ich ihm entgegen und erzählte ihm von den kleinen Kätzchen und der kranken Mutter. Ali zog die Augenbrauen hoch. »Also, weißt du Aicha, eigentlich sind mir diese Viecher wirklich scheißegal, aber wenn es dich glücklich macht, dann rufe ich meinen Nachbarn an. Der arbeitet bei einem Tierarzt. Vielleicht ist ja noch was zu retten.« »Schoukran,[24] Ali.« Ich nahm meine Hand zum Herz, um meine Dankbarkeit zu bestärken.

---

24 Danke

Eine Stunde nachdem Ali den Nachbarn angerufen hatte, kam der Tierarzt. »Die Katze ist auf meinem Terrain. Sie ist hierher gekommen, um Hilfe zu erhalten. Ich verbürge mich für das Tier. Versuchen Sie, ihr zu helfen«, sagte Madame Shiori zu meiner Überraschung. Nach einer kurzen Untersuchung entschied er, die Katze mitzunehmen. Sie müsse wahrscheinlich operiert werden. Das könne er aber erst nach dem Röntgen sehen. Wir sollten uns am nächsten Tag bei ihm melden.

Puh!, war ich erleichtert. Ich bedankte mich ausgiebig bei Madame Shiori für ihre Hilfe. »Ich möchte nur nicht noch einmal eine solche heimliche Aktion erleben. Ist das klar?« Ali und ich standen nur da und nickten zustimmend.

»Schoukran besöf[25], Ali. Ohne deine Hilfe hätte ich das nicht geschafft«, lobte ich ihn. »Mäschi muschkil[26]«, winkte er ab und startete den Rasenmäher.

Die Jungs hatten dem Katzenbaby bereits einen Namen gegeben und spielten mit ihm im Salon.

Madame lehnte am Esstisch und schmunzelte. Hiroko hob das Kätzchen hoch und kicherte:

---
25 Vielen Dank
26 Nichts zu danken.

»Schaut mal, das ist Schlappi. Er gähnt immer zu und ist ziemlich faul.« Madame drehte sich um, als sie mich reinkommen hörte und sagte: »Aicha, kümmere dich bitte darum, dass das Katzenbaby etwas zu Fressen bekommt, solange es von der Mutter getrennt sind.« »Aber Mama, das kann ich doch machen!«, entgegnete Yoshi. »Aicha macht doch schon genug.« Nachdem er bemerkt hatte, dass ihn alle überrascht anstarrten, blickte er verlegen aus dem Fenster. »Ähm, also ja, wenn du die Verantwortung übernehmen willst, dann lass dir von Aicha zeigen, wie du das Baby am besten fütterst. Vergiss aber nicht, ihr wolltet noch in die Medina gehen, um den Kaftan für das Schulfest morgen zu besorgen.« »Ooooh, ich will mit in die Medina. Darf ich, Mama?«, flehte Hiroko. »Nein Hiroko, du weißt, dass das nicht geht. Aicha kann nicht auf euch beide aufpassen und das letzte Mal bist du schon beinahe unter die Räder gekommen.« Hiroko verschränkte die Arme und ließ sich neben dem Katzenbaby auf den Boden plumpsen.

»Wir sollten das Katzenbaby mit etwas gebratenem Hackfleisch und Milch füttern, bevor wir losgehen.« »Okay, Aicha. Sag mir einfach, was ich machen soll.« Yoshi kümmerte sich wirklich rührend um das Baby. Er fütterte es mit einer Spritze und ließ es Milch vom Handschuh schlecken. Madame gefiel es offensichtlich, dass sich ihr Sohn mal für etwas begeistern konnte und aus seinem Zimmer herauskam.

Wir fuhren mit dem »petit Taxi«[27] in die Medina. Madame wäre es zwar lieber gewesen, wir hätten auf Monsieur und dessen Fahrer gewartet, aber er musste heute ins Büro und ich wollte nicht bei Einbruch der Dunkelheit durch die Medina laufen.

Wir fuhren circa 20 Minuten bis zur Medina. Ich war schon eine halbe Ewigkeit nicht mehr hier gewesen. Zumindest kam es mir so vor. Ich hoffte, dass ich niemanden von früher treffen würde. Seit ich von meiner Familie getrennt war, schämte ich mich noch mehr für sie.

Wir stiegen am Bab el had[28] aus und nahmen eine kleine Abkürzung durch eine schon leicht dämmrige Gasse. Eine Querstraße weiter waren wir schon mitten drin. Der mir bekannte Duft nach einer Mischung aus gegrilltem Fleisch, gebrannten Mandeln und frisch gebackenem Brot ließ meinen Magen knurren. »Was ist das?«, fragte Yoshi und deutete auf einen Berg Kaktusfeigen. »Das ist die Frucht der Kaktusblüte. Man darf sie nur mit Handschuhen anfassen, da die Schale ganz viele klitzekleine Stacheln trägt. Koste doch mal.«

---
27 kleines Taxi
28 Eingangstor zur Medina

Ich ließ mir zwei Früchte aufschneiden und nahm das Fleisch heraus. Yoshi kaute vorsichtig und sagte dann mit vollem Mund: »Etwas kernig, aber wirklich lecker.«

»Komm!, weiter Yoshi. Wir sollten nicht zu sehr trödeln.«

In der Medina kannte ich mich sehr gut aus. Wenn ich mir vorstellte, zum ersten Mal hier zu sein, musste es einem wie ein Irrgarten vorkommen. So viele kleine verwinkelte Straßen, Gassen, Plätze und ähnlich aussehende Stände. Saloua hat immer gesagt, hier gibt es nichts, was es nicht gibt. Egal was du suchst, du wirst fündig. Einmal hat sie mir von einem Laden erzählt, in dem tote Tiere von der Decke hängen. Die Leute würden damit die bösen Geister vertreiben. Besonders die älteren Leute seien sehr abergläubisch. Es kursierten sehr merkwürdige Geschichten. Alte Geschichten, die aber immer noch weitergegeben wurden; von Generation zu Generation. Saloua erzählte von Menschen, die anderen Leuten etwas sehr Böses wünschten; meist aus Neid oder bloßer Langeweile. Einmal erzählte sie mir etwas ganz furchtbares. Eine Frau aus ihrem Dorf sei mit einem anderen Mann in den Bergen gesehen worden. Sie hätten miteinander gelacht und ihre Köpfe zusammengesteckt. Daraufhin seien die beiden Dorfältesten mit einer Schale

Couscous zum Friedhof gegangen, hätten das jüngste Grab geöffnet und mit den Händen der Leiche den Couscous gemengt. Der Couscous wurde dann der »untreuen« Frau zum Essen gegeben. Er sollte auf diese Art verunreinigt werden, um sie zu vergiften. Sie aß den Couscous mit dem Leichengift. Man erhoffte sich dadurch eine schlimme Krankheit oder gar den Tod. Denn für seine Sünden musste man bestraft werden. Bei dem Gedanken daran lief es mir immer noch eiskalt den Rücken herunter. Vor allem immer dann, wenn ich den Couscous mengte...

Die Realität holte mich ein. Der Muezzin rief schon zum Abendgebet. »Wir müssen uns jetzt wirklich beeilen, Yoshi! Da vorne ist der Laden.«

»Der gefällt mir.« Yoshi deutete sofort auf den braunen Kaftan im Schaufenster. »Probier ihn an!«, empfahl ich. Der ältere Ladenbesitzer bat uns, hereinzutreten. Er holte den Kaftan aus dem Fenster, half Yoshi beim Anziehen und zog den schweren Vorhang zur Seite hinter dem sich ein Spiegel verbarg. Yoshis Augen leuchteten. Der Verkäufer nahm einen Hut von der Puppe und setzte ihn auf Yoshis Kopf. »Jetzt bin ich ein echter Marokkaner«, scherzte er und wir lachten alle. »Bschäl[29]?« fragte ich den

---

29 wie viel

älteren Herrn. »100 Dirham, Leila[30]«, antwortete er. »Räli tämmen[31]«, entgegnete ich. »90, Safi[32]?«, sagte der Herr wiederum. »Besööööff[33], Sidi[34]! 80 Dirham mit dem Hut. Safi?«, schlug ich vor. »Safi, jallah[35]«, winkte der Mann ab und packte den Kaftan in eine Tüte.

»Danke, Aicha. Du bist wirklich eine knallharte Verhandlerin.« Er stupste mich lachend von der Seite an. »Weißt du, Yoshi, wenn man nicht handelt, dann ist das für uns Marokkaner wie eine Beleidigung. Es gehört einfach dazu. Es ist ein Zeichen dafür, dass man sich gegenseitig respektiert.«

»Ich glaube, ich muss noch viel verstehen lernen, Aicha«, sagte er lächelnd. »Hör zu, Yoshi, es gibt nichts, was es nicht gibt. Man sollte immer mit allem Möglichen rechnen. Die bösen Geister können überall sein und ihre Macht ist unberechenbar.« Yoshi blickte mich verwirrt an und wir kämpften uns weiter durch die Menschenmengen.

Wir fuhren auf direktem Wege mit dem »petit Taxi« zurück nach Hay Riad. Als das Taxi vor dem Haus hielt, kam Madame aufgeregt nach draußen

---

30 respektvolle Bezeichnung einer Frau
31 Das ist zu viel.
32 ok
33 zu viel
34 respektvolle Bezeichnung eines Mannes
35 Ok, einverstanden.

gelaufen. »Der Tierarzt hat angerufen. Die Katze hat es leider nicht geschafft.« Yoshi blickte mich entsetzt an. »Er musste sie operieren, obwohl sie so schwach war und dann ist sie nicht mehr aus der Narkose aufgewacht«, erklärte Madame Shiori. Yoshi stürmte an seiner Mutter vorbei und lief zur Garage. Ich drückte Madame die Tüte mit dem Kaftan sowie das Restgeld in die Hand und ging ihm nach. Yoshi saß vor Schlappi auf dem Boden und schluchzte. Yoshi klammerte sich an mich und weinte eine ganze Weile. Er ließ sich von mir auffangen und ich schaukelte ihn tröstend wie ein Baby. Dabei summte ichdas Lied, welches mir Saloua immer vorgesungen hatte, als ich noch ein Kind war. Ich wurde auch traurig und merkte, wie sehr ich sie vermisste.

Wir begruben die Geschwister von Schlappi hinter dem Mandarinenbaum. Yoshi sagte etwas auf Japanisch, was ich nicht verstand und steckte Stöcke in die Erde. »Das ist ein japanisches Schriftzeichen und bedeutet »Mensch«. Ich wünsche ihnen, dass ihre Seelen im nächsten Leben als Menschen wiedergeboren werden.« Ich kniete mich zum Gebet nieder und schloss auch die Katzenseelen mit ein. Am Abend, nachdem ich den Abwasch gemacht hatte und gerade dabei war, die Hemden für Monsieur zu bügeln, stand Madame plötzlich hinter mir und sagte: »Danke, dass du da bist, Aicha.« Bevor ich mich umgedreht hatte, war sie schon wieder verschwunden.

Als ich das Licht ausmachen wollte, um zu Bett zu gehen, fand ich Yoshi noch bei dem Katzenbaby vor. Er gab ihm Milch zu trinken. »Diesmal passe ich besser auf«, sagte Yoshi, als er mich bemerkte. »Gute Nacht, Yoshi«, rief ich lächelnd.

In dieser Nacht wurde ich von furchtbaren Alpträumen gequält. Couscoushände waren um mich herum. Hammamfrauen mit langen Fingernägeln tummelten sich auf dem Friedhof. Es war dunkel. Ich stand vor dem Tor. Es war abgeschlossen. Ich konnte nicht weglaufen. Nassgeschwitzt wurde ich wach. Der Wecker zeigte 05:20 Uhr. Gleich würde der Muezzin zum Sonnenaufgangsgebet rufen...

Yoshi wurde in der darauffolgenden Zeit immer aufgeweckter und fröhlicher. Schlappi fühlte sich sichtlich wohl und Yoshi zeigte ihn stolz seinen Freunden. Das Bild seiner japanischen Liebe hatte er in seiner Schreibtischschublade verschwinden lassen. Er war offensichtlich angekommen.

Und während die Wochen und Monate so ins Land zogen, verschwamm vor mir immer mehr das Bild von der einzigen bedeutungsvollen Person in meinem Leben: Saloua.

Wenn ich darüber nachdachte, dass ich sie vielleicht niemals wiedersehen würde, wurde mir hundeelend.

Eines Morgens stand Madame plötzlich im Pyjama in der Küche. Sie sah sehr müde und besorgt aus.

»Wir müssen umziehen, Aicha.« Ich zuckte zusammen.

»Die Erdbeben in Japan. Der Staat steckt alle möglichen Mittel in die humanitäre Hilfe und den Wiederaufbau. Die Budgets der Botschaften weltweit wurden gekürzt. Wir werden in eine Wohnung umziehen.«

»Kein Problem, Madame. Ich helfe Ihnen.« »Danke, Aicha, es ist nur so, dass wir dann kein zusätzliches Zimmer mehr für dich haben und ...« Sie hatte Tränen in den Augen. Ich wusste, was das bedeutete. »Ich finde schon etwas anderes, Madame.« »Es tut mir so leid, Aicha.«

Sie sah betreten zu Boden. »Wann?« fragte ich wortkarg. »Es bleiben noch 4 Wochen Zeit, Aicha. Ich verspreche dir, dass ich bei all' meinen Bekannten und Freunden herumfragen werde, wer noch eine Bonne sucht. Ich werde dich natürlich sehr empfehlen.«

Damit hatte ich nicht gerechnet. Mein Hals schnürte sich zu. Ich wusste, dass ich nicht zurück nach Hause konnte, falls ich keine neue Arbeitsstelle finden würde. Inschallah[36], wird alles gut werden.

---

36 so Gott will

Kapitel 4: Aicha und der König

Monsieur Shiori versuchte sich jeden Morgen an der arabischen Tageszeitung »Cawalisse Alyoum«. Er habe in Japan bereits Arabischkurse zur Vorbereitung auf Marokko besucht. Er arbeitete im Pressebereich der japanischen Botschaft und da musste er sich täglich informieren, was im Land passierte und was es zu berichten gab. Manchmal bat er mich um die Übersetzung einiger Wörter, ohne die er den Sinn der Sätze oder des Artikels nicht verstand. Ich freute mich dann immer sehr darüber, dass ich Monsieur auch dabei helfen konnte und nicht nur seinen grünen Tee und das Spiegelei zubereitete. Eines Tages, als ich Monsieur Tee nachschenkte, warf ich einen Blick über seine Schulter in die Zeitung. Die Überschrift lautete:

»Der König ist verdeckt in Rabat unterwegs.«

Darunter war ein Foto eines kleinen schwarzen Autos mit geschwärzten Kennzeichen abgedruckt. »Aicha, denk bitte daran, die Tischdecken vor 13 Uhr aus der Reinigung abzuholen. Nach der Mittagspause wird es zeitlich zu knapp, die Tische herzurichten.« Madame stand plötzlich neben mir. »Safi Madame, ich mache mich gleich auf den Weg.«

Es sollte ein Abendessen ausgerichtet werden. Rokia war als Unterstützung engagiert worden. Sie kam um 15 Uhr. Wir hatten also noch gut 5 Stunden Zeit, bis die Gäste kamen.

Die Shioris hatten sich ein marokkanisches Abendessen gewünscht. Es würde eine japanische Delegation zum Abendessen kommen und sie würden gerne viele marokkanische Köstlichkeiten anbieten. Ich hatte bereits an den beiden Tagen zuvor »Les Entrées[37]« vorbereitet: Zaalouk[38], Taktouka[39], Karottensalat, Kartoffelsalat mit Eiern, Linsensalat mit getrockneten Aprikosen, eingelegte rote Beete, Briwats[40] mit Spinat und Käse beziehungsweise Hackfleisch und Nudeln gefüllt, sowie Pastilla[41].

Für den Hauptgang hatte Madame geschmortes Rindfleisch mit in Honig und Sesam getunkten Pflaumen, in kleinen Tajines angerichtet, ausgesucht. Dazu gab es frisch gebackenes marokkanisches Brot. Die Brotspezialistin war eindeutig Rokia. Es duftete zumeist schon die ganze Straße entlang, wenn es frisches Brot bei den Akramis gab. Das Fleisch brodelte bereits vor sich hin. Da es wohl mehrere Vegetarier unter den Japanern gab,

---

37 die Vorspeisen
38 Auberginenmus
39 Paprikagemüse
40 marokkanische Frühlingsollen
41 mit Hühnchen (süß/sauer) gefüllter Teig

sollte es noch eine große Gemüsetajine geben. Madame hatte vom Markt riesige Artischocken mitgebracht. Dazu schnippelte ich Zucchini, Möhren, Süsskartoffeln, Sellerie, Kohlrabi und schälte Erbsen sowie Kichererbsen. Ich holte die großen marokkanischen Teller aus dem Salon, auf denen ich die Vorspeisen drapierte. »Aicha!«, rief Madame aufgebracht von oben. Sie war wohl gerade dabei sich für den Abend herzurichten. »Ich habe das Dessert total vergessen!« Sie stand aufgeregt am Ende der Treppe mit zwei Lockenwicklern im Haar und knöpfte gerade ihren Kurzkaftan[42] zu. »Miswina[43]«, sagte Rokia und deutete auf Madames Kaftan. »Ähm... Danke.« Madame sah unsicher an sich hinunter.

»Ich kann schnell zum Hanoud[44] laufen und Orangen holen. Die schneide ich dann in Scheiben und streue Zimt darüber. Das ist ein schneller und typischer marokkanischer Nachtisch.« »Super Idee, Aicha. Mach das, bitte. Meinen Mann schicke ich nochmal los, um etwas aus der Patisserie zu kaufen.« Sie warf ihre Haare zurück und lief wieder nach oben.

---

42 marokkanische Bluse
43 hübsche Frau
44 marokkanischer Kiosk, an dem man fast alles bekommt

»Rokia, mach doch bitte schon mal den Couscous. In dem Eckschrank dort findest du alle Gewürze.« Ich legte die Schürze ab, legte den Hijab um und nahm die übervollen Mülleimer mit hinaus. Es dämmerte schon und ein kühler Atlantikwind war aufgezogen. Ich zog mein Kopftuch noch weiter über die Ohren. 5 kg Orangen sollten reichen, dachte ich während ich die Straße entlang ging. Die Straßenwächter wünschten einen Guten Abend und ich ging noch einen Schritt schneller. An der Baustelle bog ich ab in die »Avenue al Arrar«.

Der Baustellenlärm belästigte die Anwohner nun schon seit Monaten. Was dort gebaut werden sollte, war allerdings nicht ganz klar. Handwerker hatten die komplette oberste Etage mit Hammer und Meißel abgetragen. Riesige Säulen lagen im Garten. Ein professionelles Gerüst war um das Haus herum aufgebaut worden.

Am Ende des Grundstücks der Baustelle war gerade ein dunkler Wagen angekommen. Am Lenkrad saß ein Mann im Anzug mit schwarzer Sonnenbrille, der offensichtlich mit einem Fernglas das Geschehen beobachtete. Komisch, dachte ich. Es ist doch schon so düster.

Ich leerte den Mülleimer aus und warf den Katzen, die sich um die Tonne tummelten, ein paar Essensreste hin. Schon kamen sie in Scharen angehumpelt.

Ich überquerte die Straße und ging langsam an der Baustelle vorbei. Es war eine riesige alte Villa. Durch ein Loch in der Rosmarinhecke konnte ich einen großzügigen Pool sehen. Da waren bestimmt 20 Arbeiter zu Gange. Ich wollte gerade weitergehen, als ich hörte, wie eine Autotür zuging. Ich drehte mich um und sah, dass die Gestalt mit der schwarzen Sonnenbrille aus dem Auto ausgestiegen war. Der Mann nahm einen Stock zum Gehen und ging auf den Eingang des Hauses zu. »Mince Alors!«, entfuhr es mir leise. Ich traute wahrhaftig meinen Augen nicht.

Diese Person war kein anderer als der König höchstpersönlich.

Unser König, Mohammed der Sechste!

Sein Gang!

Sein Aussehen!

Ich dachte an den Bericht und das Foto in der Zeitung! Ich schämte mich zugleich. Wie ich da stand, in meiner schmutzigen Djellaba mit dem stinkenden Eimer in der Hand. Er wird doch etwa nicht? Oh je. Er steuerte in meine Richtung. Weglaufen konnte ich nun nicht mehr. Also blieb ich wie angewurzelt stehen und als er nur noch wenige Meter von mir entfernt war, ließ ich mich auf die Knie fallen, robbte ein Stückchen nach vorne und küsste seine Schuhe. »Salam-al-laikum, Leila.« Ich traute meinen Ohren nicht. »Al-laikum-assalam.«

Der König brachte mir mehr Respekt entgegen, als es meine Eltern je fertiggebracht haben.

Ich blickte weiterhin zu Boden. »Die Arbeiten werden in spätestens 4 Wochen abgeschlossen sein. Dann dürfte es wieder ruhiger werden.«

»Baraka lahu feek[45]«, entgegnete ich dankend und schaute immer noch nicht auf. Dann hörte ich, wie er sich von mir entfernte. Er schaute ebenfalls durch das Loch in der Hecke und ging dann nochmal am Zaun auf der anderen Seite entlang. Ich war völlig außer mir, so etwas erlebt man schließlich nicht jeden Tag. Ich entschied mich dafür, das Ganze zunächst einmal für mich zu behalten. Fast hätte ich vor lauter Aufregung vergessen, die Orangen zu kaufen.

Mustapha, der Kioskbesitzer, war gerade dabei sich einen Minztee auf einer kleinen provisorischen Feuerstelle zuzubereiten. Er sah mich fragend an. »La bas, Aicha[46]?« Ich wich ihm aus, legte

---
45 Möge Allah dich segnen.
46 Geht's gut?

25 Dirham auf die Theke und murmelte, dass ich mich beeilen müsste.

Zurück im Haus legte ich die Sachen ab und betete ausgiebig. Ich dankte Allah zutiefst für diese wundersame Begegnung. Ein solches Glück widerfährt nur auserwählten, sehr wenigen Menschen unserer Reihen.

Monsieur kam auch gerade mit dem marokkanischen Gebäck aus der Patisserie zurück. Er fragte mich, ob ich den schwarzen Kleinwagen gesehen hätte und sagte scherzhaft »Die königliche Hoheit ist wieder undercover unterwegs.« Ich schmunzelte tief in mich hinein, wandte mich schnell ab und machte mich daran, die Orangen zu schrubben, zu schälen, in Scheiben zu schneiden und mit etwas Zitronensaft zu beträufeln. Die Küche war mittlerweile komplett mit Schüsseln, Töpfen und Essen zugestellt. Rokia war ganz im Essensdunst versunken. Ich trat neben sie an den Herd. Sie hatte mittlerweile ihre Ärmel hochgekrempelt. Der Anblick ihrer Unterarme ließ mich erschaudern.

Kapitel 5: Großer schwarzer Mann, ich helfe Dir

Der Abend wurde ein voller Erfolg. Die japanische Delegation kam nach und nach in die Küche, um sich bei uns zu bedanken. Sie legten die Handflächen aneinander und verneigten sich vor uns. Madame hatte glühend rote Wangen und war ganz überschwänglich. Am Ende des Abends hatte sie uns, Rokia und mir, noch ein extra Trinkgeld gegeben. Sie schwärmte noch am nächsten Morgen von den tollen Leckereien und sagte, dass sie gerne öfter die marokkanischen Vorspeisen essen möchte. Von den Resten gab sie Rokia noch etwas mit und bat mich, den Rest unter den Wächtern zu verteilen. Schließlich wäre es viel zu schade, etwas davon wegzuschmeißen, zumal es zunehmend Flüchtlinge aus der Subsahara in Rabat gab, die nach jedem Stückchen Essbaren Ausschau hielten.

Dass es in Marokko vor schwarzafrikanischen Flüchtlingen nur so wimmelte, das wusste ich, aber ich hatte bisher nie etwas mit ihnen zu tun gehabt. Sie versteckten sich meistens irgendwo oder bettelten an den Autostraßen.

Vater hatte immer auf sie geschimpft. »Sie sollen doch in ihrem Busch bleiben. Wir können sie hier nicht gebrauchen. Wir müssen selbst zusehen, dass wir überleben. Sie haben nichts mit uns und unserer Religion gemeinsam.«

Auch wenn sie mir etwas unheimlich waren, taten mir die Leute leid. Sie verstanden kein Arabisch, hatten vermutlich eine anstrengende Reise auf sich genommen und ihre Heimat aus der Not heraus verlassen.

In den letzten beiden Wochen war mir immer wieder eine schwarze Gestalt in der Nähe der Mülltonnen aufgefallen. Wenn ich abends die Mülleimer leerte, dann sah ich die Füße eines schwarzen Mannes neben der Mauer hinter den Mülltonnen hervorstehen. Er hatte weder Schuhe noch Strümpfe an. Ich hatte bislang noch niemandem von meiner Entdeckung erzählt. Der arme Mann hatte vermutlich noch nicht einmal ein Dach über dem Kopf. Ich beeilte mich immer sehr schnell wieder zurück ins Haus zu kommen. Eines Abends jedoch, stand er plötzlich vor mir.

Ich kippte den Katzen gerade die Essensreste hin, als er plötzlich aus seiner Ecke kam und auf den Eimer zeigte. Dann führte er seine Hand zum Mund. Er sah ziemlich abgemagert aus und war mindestens zwei Meter groß. Mir lief es eiskalt den Rücken herunter. Seine schwarzen Augen starrten mich an. Er ging einen Schritt auf mich zu und schaute in den Eimer. Darin waren nur noch Kartoffelschalen und Fischreste. Seine Kleidung war schmutzig. Er trug eine schäbige grüne Trainingsjacke und eine mit Löchern übersäte Jeans. Er deutete nochmals auf seinen Mund. »Häk[47]«, sagte ich und gab ihm den Eimer. Er nahm ein paar Schalen heraus und stopfte sie in einen Stoffrest. Dann blickte er mich dankend an, bevor er wieder hinter der Mauer verschwand.

Betrübt ging ich zurück und betete. Ich kniete lange nieder und bat Allah um ein besseres Leben für die Leute, die ihre Heimat verlassen müssen.

Der Mann ging mir nicht mehr aus dem Kopf. Nachts lag ich wach und fragte mich, ob er wohl Familie und Kinder hatte. Er allein konnte sich ja noch nicht einmal ernähren.

Ich musste irgendetwas unternehmen und beschloss, Madame Shiori am nächsten Tag davon zu erzählen. Sie war eine hilfsbereite und soziale Frau. Bestimmt würde sie auch versuchen wollen, ihm zu helfen.

Sie waren gerade mit dem Frühstück fertig, als ich Madame und Monsieur fragte, ob ihnen der schwarze Mann bei den Mülltonnen schon einmal

---

47 Nimm!

aufgefallen sei. »Ein Obdachloser? Hier in unserem Viertel?«, fragte sie entsetzt. »Schatz, du kennst doch die Problematik. Wie oft habe ich schon darüber berichtet?!«, lenkte Monsieur ein. »Ich denke, es gibt Hilfsorganisationen der Vereinten Nationen, die sich um Flüchtlinge aus der Subsahara kümmern?«, fragte Madame. Monsieur nickte. »Bestimmt weiß er das nicht«, mischte ich mich ein.

Monsieur blickte nun endgültig hinter seiner Zeitung hervor. »Es gibt unendlich viele Flüchtlinge hier in Rabat. Sie müssen zu ihren Botschaften gehen. Dort bekommen sie dann die entsprechenden Adressen der Hilfsorganisationen. So läuft das normalerweise. Die Menschen können nicht erwarten, dass man sie findet.«

Nachdem ich das Mittagessen zubereitet hatte, brachte ich die Mülleimer weg, viel eher als sonst. Ich packte noch ein Stückchen Brot und zwei runtergefallene Mandarinen aus dem Vorgarten ein. Als ich an den Mülltonnen ankam, war von dem Mann nichts zu sehen. Ich ging um die Mauer herum und fand nur einen auseinandergefalteten Karton vor, sowie eine halbe Flasche Wasser »Sidi Ali«. Ich legte das Brot und die Mandarinen unter die Pappe und versicherte mich, dass mich keiner beobachtet hatte.

Am darauffolgenden Wochenende regnete es fast ununterbrochen. Überall stand das Wasser. Die Bauern waren froh und hofften auf eine fette Ernte. Am Montag Morgen ging ich früh zu den Mülltonnen, um nach dem Mann zu sehen. Ich sah seine Füße unter einer schwarzen Plane hervorschauen. »Bonjour Monsieur«, sagte ich und räusperte mich. Daraufhin schlug er die Plane zurück und lächelte leicht. Er sah furchtbar aus. Nass und schmutzig. Er saß mitten im Dreck. »English?«, fragte er. »Non, non. Désolée[48]«, erwiderte ich. Er sprach offensichtlich kein Französisch. Ich zuckte mit den Schultern. Ich deutete mit der Hand zum Mund und gab ihm zu verstehen, dass ich ihm später etwas zu essen bringen würde. Er nickte und verschränkte die Arme vor seinem schlaksigen Körper.

Madame Shiori wollte gerade die Jungs zur Schule bringen, als ich die Tür aufschloss. Ich erzählte ihr von dem schlimmen Zustand des schwarzen Mannes und fragte sie, ob sie bereit wäre, mit dem Mann zu sprechen. Sie arbeitete schließlich als Englischlehrerin. Sie blickte auf ihre Armbanduhr und vertröstete mich auf den Nachmittag.

Betrübt machte ich mich erst mal ans Fenster putzen. Regen und Staub hatten einen dicken Film auf den Scheiben hinterlassen. Das Haus hatte un-

---

48 Nein, nein. Tut mir leid.

ten und oben jeweils einen großen runden vergitterten Erker. Allein dafür brauchte ich immer über zwei Stunden. Es war ziemlich umständlich um die Gitterstäbe herum zu putzen. Die Sonne, die sich allmählich durch die Wolken gedrängt hatte, wärmte meinen Rücken. Ich dachte an Saloua. Schon als ich noch ganz klein war, sagte sie zu mir, dass einem großes Glück widerfahren wird, wenn man sich für eine gute Tat einsetzt. Der Gedanke an Saloua und daran, dass ich bald wieder allein sein würde, machte mich traurig. Im Fensterglas sah ich meine feuchten Augen.

Ich nahm gerade die Sesamringe aus dem Backofen, als ich Madames Auto in der Einfahrt hörte. Ich öffnete ihr die Tür. »Danke, Aicha. Aicha, ich habe nochmal über deine Bitte nachgedacht. Ich weiß nicht, ob das wirklich eine gute Idee ist. Ich möchte dem Mann keine falschen Hoffnungen machen und eigentlich habe ich genug um die Ohren...« Sie stockte, als sie meinen betrübten Blick sah. »Ok, ich werde mit meinem Mann darüber sprechen, Aicha.«

Dann ging sie nach oben. »Wie kann das zu viel verlangt sein?«, dachte ich mir. Ich verstand die Reichen einfach nicht. Unter uns hat man immer einen Almosen für die Bedürftigen übrig. Und hier ging es nur um ein Gespräch. Ich zog meine Schuhe aus und betete.

Ich bete nicht nur für meine Familie, mein Volk und meinen König, sondern ich betete auch für die Flüchtlinge aus Afrika und für Madame und ihre Familie und bat Allah darum, dass sie sich richtig entscheiden würde. Er lenkt alles. Alles liegt in seiner Hand.

Aus den Essensresten kratzte ich eine Mahlzeit für den Mann bei den Mülltonnen zusammen.

Als ich dort ankam, war er gerade dabei, den Müll nach etwas Brauchbarem durchzuwühlen.

»Ana Aicha[49]«, sagte ich zu ihm. Der Mann zuckte zusammen und wich etwas zurück. »Ich bin Aicha«, sagte ich erneut und legte die Hand auf meine Brust. Dann gab ich ihm das kleine Alupäckchen mit den Essensresten. »Ato!«, sagte er und schlug mit der Faust gegen seine Brust. Er nahm das Päckchen und bedankte sich. Dann setzte er sich neben die Mülltonnen und begann zu essen. Ich drehte mich noch zweimal um, während ich zurücklief und bemerkte, dass er mir nachsah.

Monsieur kam an diesem Tag etwas später nach Hause. Madame blickte irritiert auf die große

---

49 Ich heiße Aicha.

Wanduhr im Salon und schaute ihn fragend an. »Ich war noch beim Frisör, Schatz.« Er deutete auf sein Haar. »Du weißt doch, wie lange das da immer dauert.«

Madame schmunzelte. »Als ich in die Avenue al Araar eingebogen bin, ging ein ziemlich übel aussehender Schwarzafrikaner am Bürgersteig«, erzählte Monsieur. »War er sehr groß?« hakte ich nach. »Ja ziemlich.« »Das ist Ato. Der Mann, der bei den Mülltonnen wohnt«, warf ich ein.

»Seht mal.« Madame deutete auf das Eingangstor.

Da stand er. Ato.

»Also... Aicha! Schatz! Macht das unter euch aus! Ich möchte mich nach Feierabend nicht mit so etwas herumschlagen. Gebt ihm doch die Adresse seiner Botschaft. Von mir aus auch etwas Brot und Suppe.« Dann verschwand Monsieur in seinem Arbeitszimmer.

Ich starrte Madame flehend an. »Okay, Aicha. Ich spreche mal mit ihm.«

Sie ging nach draußen. Er duckte sich, als er sie sah. Was bei seiner Größe nicht wirklich viel brachte, denn er ragte immer noch über den Zaun hinaus.

»Hello«, sagte Madame zögerlich. »Hello Miss.« Ich hörte sie auf Englisch miteinander sprachen. Verstehen konnte ich nicht sehr viel. In der Schule wurde Englisch nur am späten Nachmittag angeboten. Da musste ich immer schon zu Hause sein und auf meine kleinen Schwestern aufpassen.

Madame drehte sich um und rief: »Aicha, hole bitte Zettel und Stift. Und mach etwas Suppe fertig.« Ich holte schnell die Sachen und gab sie Madame. Ato trank die Suppe in einem Zug. »Thank you very much.« Dann schlang er das Brot hungrig herunter. Madame erklärte ihm, wie sie mir später sagte, die Situation der Flüchtlinge in Marokko und die Verfahrensweise der Hilfsorganisationen. Es gab keinerlei Gesetze. Man arbeite zwar daran, aber es gab keine Möglichkeit, eine Aufenthaltserlaubnis, geschweige denn eine Arbeitserlaubnis, zu bekommen.

Der einzige Weg für diese Menschen war die Bettelei und die Hoffnung.

Sie schrieb ihm alles genau auf. Der Mann nickte dankend. Er erzählte ihr, dass er aus Nigeria komme. Seine Familie sei noch dort. Er möchte es nach Europa schaffen. Ato erzählte Madame, dass er Lehrer sei und dass seine Schule mangels Schülern geschlossen wurde. Immer mehr Familien behielten die Kinder zu Hause, damit sie bei der Haus- und Feldarbeit mithalfen. Viele seien Bauern. Alle müssten mit anpacken. Er habe keine Perspektive mehr gehabt. Er wolle nach Spanien kommen und dann weiter. Am liebsten nach Deutschland. Dort spreche jeder Englisch. Das habe ihm ein Warenexporteur aus Nigeria gesagt. Sein Weg von Nigeria nach Marokko sei ziemlich hart gewesen. In der nächst größeren Stadt, nahe seines Heimatdorfes, habe es einen Mann gegeben, der anbot, Menschen gegen viel Geld nach Europa zu bringen.

Er habe lange gespart und dies als einzige Chance gesehen. Sie hätten unterwegs in Gräben geschlafen und sich von Resten ernährt. Er könne gar nicht genau sagen, wie lange sie schließlich unterwegs gewesen waren. Es könnten 30 Tage oder auch drei Monate gewesen sein. Auf dem letzten Stück sei er zusammen mit anderen Flüchtlingen versteckt in einem LKW vor Rabat an einer Raststätte ausgesetzt worden.

Das Ticket nach Europa hatte in diesem Moment seine Gültigkeit verloren.

Madame presste verständnisvoll die Lippen aufeinander und beschrieb ihm den Weg zur nigerianischen Botschaft in Rabat-Agdal. Dort solle er sich erst mal um neue Ausweispapiere kümmern und sich bei dem UNHCR[50], dem Flüchtlingshilfswerk der Vereinten Nationen, registrieren lassen.

Ato winkte dankend zum Abschied zu mir herüber. Madame sah ziemlich mitgenommen aus. Sie setzte sich in den großen Ohrensessel im Salon und bat um einen grünen Tee. Sie rieb sich das Gesicht. Ich reichte ihr noch zwei Sesamringe zum Tee. »Danke, Aicha. Ich bin froh, dass du mich überredet hast, dem Mann zu helfen. Wir dürfen nicht immer einfach nur wegschauen. Die Armut macht uns Angst, aber wir dürfen nicht so tun, als würden wir sie nicht sehen.« Ich küsste sie anerkennend auf die Stirn und sagte: »Heute ist Freitag und ich danke Ihnen sehr!« Dann ging ich in meine Kammer, um ein langes Gebet zu beginnen...

Am Nachmittag spielten die Jungs im Salon mit der Katze. Hiroko hatte der kleinen Katze sogar schon ein paar Kunststücke beigebracht. Er ließ sie durch zwei verschieden große Plastikreifen springen. Dahinter hielt er jeweils ein Leckerli bereit. Monsieur sah amüsiert zu, während er die Zeitung las.

---

50 United Nations High Commissioner for Refugees

»Wir werden heute später zu Abend essen, Aicha.« Madame stand neben mir und cremte sich die Hände ein.

»Um 19 Uhr treffen wir uns mit dem Makler, Schatz. Aicha, lass die Jungs bitte nicht Fernsehen. Habt ihr gehört? Yoshi! Hiroko!« Madames Stimme klang streng.

Ich verschwand wieder in der Küche und briet das Fleisch für den Couscous an. Freitags gibt es immer Couscous. Das ist unsere Tradition. Und zwar bestehend aus 7 verschiedenen Gemüsesorten, Rindfleisch und ganz viel Couscous. Dazu gibt es eine Sauce, Lben[51] und karamellisierte Zwiebeln mit Zimt und Rosinen. Jede Familie in Marokko hat ihr eigenes, ganz spezielles Familienrezept. Ich habe es von Saloua gelernt. Sie hat es von ihrer Urgroßmutter gelernt. Es ist ein aufwendiges Verfahren, in dem ganz viel Zeit und Liebe steckt. Nachdem das Fleisch leicht braun geworden war, nahm ich es heraus und löschte den Sud mit Brühe ab. In einem separaten Topf schwitzte ich die Zwiebeln in Zucker an. Alles hat seine bestimmte Reihenfolge und besondere Art der Zubereitung. Es war zum Beispiel wichtig, große Zuckerstücke zu nehmen, anstatt losen Zucker. Dieser brannte viel zu schnell an auf der Gasflamme.

---

51 Buttermilch

Ich putzte bzw. schälte das Gemüse (Zucchini, Kohl, Rüben, Kürbis, Karotten) und goss die am Vorabend eingeweichten Kichererbsen ab. Dann kochte ich das Gemüse im Schnellkochtopf weich. Der Couscous wurde in einem extra Dampfgartopf zubereitet. Die Körnchen mussten über mehrere Stunden garen. Zwischendurch rieb ich die Körnchen zwischen den Fingern, damit keine Klümpchen entstanden. Dreimal musste der Couscous durch gemengt werden. Am Ende gab ich etwas Butter und Olivenöl hinzu und schmeckte den Couscous mit Salz ab.

Danach füllte ich Lben in Teegläser und deckte den Tisch.

»Das ist wirklich der weltbeste Couscous, Aicha. Bitte, du musst mir das Rezept verraten. Vorher kann ich dich nicht gehen lassen.« Madame war wirklich sehr nett. Alle lachten und ich sah verlegen zu Boden. »À votre service. Das ist ganz einfach.«

»Lass es uns gemeinsam für mich aufschreiben, liebe Aicha. Und wenn du uns in Agdal besuchen kommst, dann bekoche ich dich.« Monsieur schmunzelte zu uns herüber.

Ich ging zurück in die Küche und schnitt das Obst für den Nachtisch klein.

»Mama, wo soll das Kätzchen schlafen, wenn wir umgezogen sind?«, hörte ich Yoshi fragen.

Monsieur antwortete darauf bestimmt: »Yoshi san, das hatten wir doch ausgiebig besprochen. Eine Wohnung ist nichts für Katzen!« Madame legte ihre Hand auf Monsieurs Arm. »Schatz, ich habe es bereits erlaubt und wir sind drei gegen einen. Du bist also überstimmt. Sie wird dich nicht beeinträchtigen, keine Sorge.« Monsieur zog die Augenbrauen hoch und atmete tief durch.

Yoshi und Hiroko standen auf und umarmten ihren Vater freudig. Ich mochte diese Familie einfach. Traurig darüber, dass ich bald gehen musste, brachte ich das Obst an den Tisch.

»Aicha, ich habe eine gute Nachricht für dich. Es ist zwar noch nicht ganz in trockenen Tüchern, da die Botschaft erst noch zustimmen muss, aber sehr wahrscheinlich haben wir einen Nachmieter für das Haus und sie würden dich gerne übernehmen. Das hat mir zumindest Mister Shelly am Telefon so gesagt.«

»Eine neue Familie? Oh Madame, das wäre ja prima. Und ich könnte bleiben.« Ich beugte mich nieder und küsste Madames Hand. Sie strich mir übers Kopftuch. Leise musste ich weinen.

Die letzten Wochen mit den Shioris vergingen wie im Flug. Es gab soviel zu tun. Packen, reinigen, sortieren. Ich spürte, wie es mir jeden Tag schlechter ging, je näher der Abreisetag der Shioris rückte.

Hiroko saß in seinem Zimmer und las einen japanischen Comic. »Guck mal, Aicha. Zuerst fliegt der Roboter ins Weltall und dann fährt er mit einem Piratenschiff.« Er zeigte auf die Bilder. »Kommst du uns denn mal besuchen, Aicha?« Ich drehte mich um. Yoshi stand in der Tür und schaute mich betrübt an. »Ja, bestimmt«, sagte ich und schluckte eine Träne herunter.

»Aicha, hier. Das haben wir für dich gemacht.« Hiroko hielt mir ein Bild hin. Darauf waren Madame und Monsieur, daneben stand Yoshi, dann kamen ich und Hiroko. »Das sind wir. Vor unserem Haus. Und hier...« - er deutete an den Rand des Gemäldes – »...das ist Schlappi.«

Ich drückte den kleinen Mann fest an mich und küsste seine Stirn. »Danke für alles, Aicha.« Hiroko kam herüber und ließ sich in den Arm nehmen. Ich war so gerührt und ließ meinen Tränen freien Lauf. So saßen wir noch eine Weile da, bis uns der Ruf des Muezzin ins Hier und Jetzt zurückholte.

Ich hängte das Bild in meine Kammer und begann ein langes Gebet. Ich bat Allah inständig um Schutz für die beiden Jungen. Sie hatten eine gute Seele.

Der Umzugswagen kam morgens um 7 Uhr. Monsieur musste trotz allem pünktlich im Büro sein. Die Arbeiter hatten innerhalb von drei Stunden alles eingepackt. Madame sagte, dass sie am Abend nochmal wiederkommen werde, um die beiden Kartons mit den Papieren zu holen. Mister Shelly würde dann auch da sein und sie würde ihm in Absprache mit dem Vermieter die Schlüssel übergeben. Bis dahin hatte ich Zeit, das Haus gründlich für die Nachmieter zu reinigen.

Ich wollte mich nicht lange von Monsieur und den Jungen verabschieden. Das würde mich nur noch trauriger machen. Sie winkten so lange, bis sie in die Avenue al Araar einbogen und ich sie nicht mehr sah.

Ich atmete tief durch und machte mich an die Arbeit.

Kapitel 6: Was man nicht alles tut – À votre service

»Sie will dich nicht. Sie sagt, sie brauche keine Hilfe, sie dulde keine Fremden im Haus. Schon gar keine Menschen, mit denen sie sich nicht vernünftig unterhalten könne.« Nachdem Omar, der als Gärtner bereits seit längerer Zeit für einen Angehörigen der amerikanischen Botschaft und seine Familie gearbeitet hatte, mir dies gesagt hatte, wurde mir einiges klarer.

Dass mir nicht alle Mesdames mit Freundlichkeit gegenüber traten, damit konnte ich leben, aber diese Frau würdigte mich keines Blickes. Unabhängig davon, ob sie Französisch sprach oder verstand, zog sie es vor, auf jegliche Unterhaltung mit mir, und sei sie nur auf das Wesentliche beschränkt, zu verzichten.

Der Abschied von Madame Shiori am Abend zuvor war mir sehr nahe gegangen. Sie sagte mehrfach, dass ich jederzeit willkommen sei und sie mich ausdrücklich an die Nachmieter weiterempfohlen habe. Als ich sie zum letzten Mal auf die Stirn küsste, küsste sie mich zurück. Ich hatte ihr das Rezept für den Couscous in die Handtasche gesteckt, bevor sie ging.

So leistete ich nun meinen gewohnten Dienst, Tag ein, Tag aus, sechs Tage in der Woche. Putzen, Waschen, Bügeln, Essen vorbereiten, Auftragen, Abräumen. All das geschah auf Handzeichen von Madame.

Monsieur Shelly war ganz anders als seine Frau. Er versuchte zumindest, mich wie einen Menschen zu behandeln. Er bat mich gleich bei unserem ersten Zusammentreffen, an meinem zweiten Arbeitstag bei den Shellys, mich zu ihm in den Salon zu setzen. Er fragte mich, wo ich geboren sei, wie viele Geschwister ich hätte, welche Sprachen ich spreche und ob ich mit der Bezahlung zufrieden wäre. Dieses Gespräch baute mich auf und gab mir etwas Würde zurück. Nachdem die Shioris ausgezogen waren, hatte ich gar keinen Appetit und keine Freude mehr. Ich dachte wieder sehr oft an Saloua. Meine geliebte Saloua. Sie war der einzige Mensch, bei dem ich mich je geborgen gefühlt hatte.

Ali wurde gegen Omar eingetauscht. Nachdem Madame Shiori Ali mitgeteilt hatte, dass die neue Madame ihren eigenen Gärtner mitbringt, wirkte er sehr niedergeschlagen. Es ist nicht einfach, einen

Job als Gärtner zu finden. Es gibt zu viele davon, hier in Rabat. Madame Shiori tat er unheimlich leid. Sie war immer sehr zufrieden gewesen mit seiner Arbeit.

Madame Shelly übergab ihm einen Umschlag an seinem letzten Freitag. Ich vermutete, dass dort Geld drin war, um erst mal über die Runden zu kommen. Inschallah. Sie versprach ihm außerdem, dass sie sich im Diplomatenkreis umhören werde und Ali ausdrücklich weiterempfehlen würde. Sie habe ja seine Handynummer und würde sich dann bei ihm melden, wenn sie etwas für ihn in Aussicht hätte. Rokia sah ich nur noch zufällig. Der Französischunterricht fand ohne mich statt.

Alles hatte sich schlagartig verändert.

An einem Samstagabend hatten die Shellys um die 15 Gäste eingeladen. Sie wollten eine Willkommensparty veranstalten. Madame hatte genaue Vorstellungen von allem und gab mir während ich in der Küche diverse marokkanische Kanapees zubereitete, mit wilder Gestikulation zu verstehen, dass ich mich nicht außerhalb der Küche bewegen solle. Dies war mir nur recht. Auf Bekanntschaft mit diesen Herrschaften legte ich keinerlei Wert. Während ich die Crème Caramel in vorgekühlte bunte Dessertschälchen füllte, hörte ich die Musik aus dem Salon schallen. Automatisch wippte ich im Rhythmus mit, als plötzlich Monsieur Shelly neben mir stand und mich an meinem rechten Arm zog. Beschämt sah ich zu Boden. »Aicha, komm!«, sagte er. Ich konnte gar nicht so schnell reagieren, da stand ich schon mitten im Salon zwischen den piekfeinen Herrschaften, die mich von oben bis unten anstarrten. Er sagte etwas Amerikanisches, woraufhin alle laut loslachten. Außer Madame, die versuchte, ihn mit bösem Blick und wild umher wedelnden Armen und Händen auf sich aufmerksam zu machen. Er fuhr weiter fort und machte eine anpreisende Handbewegung zu mir herüber, woraufhin die Herrschaften ihre Gläser und den Daumen hoben. Monsieur flüsterte: »Les Canapés sont très delicieuses[52]. Madame Shiori hat nicht zu viel versprochen.« Ich machte einen Knicks und verschwand schnurstracks zurück in die Küche. Durch das Küchenfenster zur Terrasse hin hörte ich, wie Madame mit Monsieur schimpfte. Ich fühlte mich elendig. Wieso hatte das alles nur so kommen müssen?

Nachdem ich die Küche wie gewohnt aufgeräumt und geputzt hatte, bedankte sich Monsieur Shelly nochmals für meine Dienste. Er wankte etwas und entschuldigte sich dafür. Er habe wohl ei-

---

52 Die Kanapees sind ausgezeichnet.

nige Biere zu viel getrunken. Madame sah ich nicht mehr. Ich wollte so schnell wie möglich in den Schlaf finden, da am nächsten Morgen das Schulgebäude zum Putzen auf mich wartete, wo ich mich seit ein paar Wochen mit ein paar anderen Frauen abwechselte. Sonntags wollten die Shellys ihre Ruhe haben und so konnte ich mir noch ein wenig dazu verdienen.

Madame verhielt sich weiterhin eigenartig und das nicht nur mir gegenüber, wie ich fand. Sie wirkte zunehmend nervöser, wenn Monsieur Shelly in die Auffahrt bog. Ich spürte, dass es ihr nicht gut ging. Auf meine tägliche Frage nach ihrem Wohlbefinden, gab sie jeweils nur ein Kopfnicken. Wenn ihr irgendetwas nicht passte, ich z. B. den Brokkoli zu weich gekocht oder die Schuhe in die falschen Fächer zusammengestellt hatte, nachdem ich sie gesäubert und geputzt hatte, war Monsieur es, der mir dies mitteilte. Selbstverständlich setzte ich alles daran, keinen Fehler ein zweites Mal zu begehen, vor allem weil er so nett zu mir war.

An einem sonnigen Vormittag im April passierte es dann. Ich wünschte, ich hätte es nicht mitbekommen.

Ich war gerade mal 10 Wochen bei den Shellys und hatte mich mittlerweile auch an die Eigenarten von Madame gewöhnt bzw. wusste ganz genau, wo ich bei ihr stand und wie ich mich zu verhalten hatte.

Ich rief nach ihr: »Madaaaaame.« Sie antwortete nicht. Was mich nicht verwunderte. Aber sie war zu Hause, denn ihr Wagen stand in der Einfahrt. Für gewöhnlich verließ sie das Haus nicht zu Fuß. Eigentlich rief ich nie nach ihr. Wir unterhielten uns ja so schon nicht. Doch an diesem Tag passierte mir ein wirkliches Missgeschick...

Joe, der graue Kater, war ausgebüchst. Am Anfang traute ich mich kaum, auch nur ein Fenster offen stehen zu lassen, aber als ich merkte, dass Joe nie versuchte, nach draußen zu gelangen, noch nicht einmal, wenn die Tür zum Garten offen stand, hatte ich heute nicht aufgepasst, als ich nach draußen ging, um die Wäsche aufzuhängen.

Ich hatte schon etliche Runden ums Haus herum gedreht, ihn gerufen, gelockt und auch im Haus jeden einzelnen Winkel, inklusive seiner Lieblingsecken, abgesucht. Von Joe fehlte jede Spur. Ich wollte nicht abwarten, bis es dunkel werden oder Monsieur Shelly nach Hause kommen würde. Da Madame nicht geantwortet hatte, ging ich nach oben, Richtung Schlafzimmer. Ich rief noch einmal nach ihr, erhielt aber noch immer keine Antwort. Vielleicht hatte sie sich hingelegt? Oder war sie tatsächlich zu Fuß unterwegs? Ich öffnete leise die Tür und »Mince, Alors!«

Ich traute meinen Augen nicht.

Als erstes sah ich den nackten Hintern eines Mannes. »Mon dieu![53]«, entfuhr es mir leise. Ich erkannte Omar, den Gärtner. Die Schachtel mit dem Katzenfutter, das ich zum Locken dabei hatte, fiel mir vor Schreck aus den Händen. Madame fuhr herum und warf mir einen vernichtenden Blick zu. Dann schrie sie wie am Spieß und sprang mit umgeschwungener Decke aus dem Bett und schimpfte. Schnell zog ich die Tür zu, was nicht so einfach war, da das Katzenfutter sie blockierte. Ich drehte mich um und rannte nach unten. In meiner Kammer vergrub ich mein Gesicht in der Decke und betete. Das konnte doch nicht sein. Wie konnte es nur zwei solch schlechte Menschen geben. Ich suchte nach einer Antwort und wandte mich an Allah.

Und während ich betete, stand Omar plötzlich an meiner Tür und sagte böse: »Aicha, du vergisst besser ganz schnell wieder, was du da eben gesehen hast. Wir wollen doch beide nicht unser Gesicht verlieren, nicht wahr?« Ich hatte auf einmal Angst, meine Kehle fühlte sich ganz trocken an und

---

53 Mein Gott!

schnürte sich beinahe zu. »Aicha«, sagte er eindringlicher. »Sieh mich an und sage mir, ob du mich verstanden hast!« Ich blickte Omar in die Augen. Er hatte einen hochroten Kopf, seine Stirn war stark geschwitzt. »Ich habe kein Gesicht zu verlieren. Möge Allah dir verzeihen.«

Ich blickte durchs Fenster und sah, dass der Himmel sich zuzog. Mist! Die Wäsche... der Kater... schoss es mir durch den Kopf. Auf dem Weg nach draußen kam ich an Joes Körbchen vorbei und da lag er plötzlich. Seelenruhig putzte er seine Beinchen. Immerhin eine Sorge weniger.

Ich nahm rasch die Wäsche ab, um sie im Keller wieder aufzuhängen. Madames Stimme war so eindringlich, dass ich jedes Mal zusammenzuckte. Ich hörte, wie sie mit jemandem schimpfte. Das konnte nur Omar sein. Eine Tür knallte heftig zu und dann hörte ich Omar mit seinem Moped davon brausen.

»Können wir in einer Stunde zu Abend essen, Aicha?« Diese Frau war abgebrühter als ich dachte. Sie stand mit qualmender Zigarette am offenen Kühlschrank. »Es ist so heiß heute. Salade marocaine[54] genügt«, sagte sie beiläufig während sie versuchte den Rauch aus dem Fenster zu pusten.

---

54 marokkanischer Salat

»À votre service«, entgegnete ich. »Ich gehe noch schnell zum Hanoud hinüber und besorge frische Tomaten.«

Mustapha lehnte lässig an seiner Ladentheke. Während er in seinem Minztee rührte, zwinkerte er mir lächelnd zu. Neben dem kleinen Häuschen hatte er einen kleinen Hühnerstall, daneben lag ein Riesenkürbis, von dem man sich mit einem Sägemesser ein Stück abschneiden konnte. Hinter Mustapha stapelten sich bis zur Decke allerlei Lebensmittel. Es gab sogar Schokolade und Seife für's Hammam. Auf dem Boden lagerte er mehrere Säcke, gefüllt mit Mehl, Zucker, Hülsenfrüchten, Nudeln und Couscous. Auf der Ladentheke befand sich neben den Eiern eine alte mechanische Waage. Diese erinnerte mich immer an Saloua. Früher nahm sie mich oft mit zum Hanoud in unserem Viertel. Sie setzte mich auf die Ladentheke und ich spielte mit den Gewichten der alten klapprigen Waage. Damals hatte ich auch von einem solchen Lädchen geträumt. Zuckerwatte in rot und blau würde es bei mir geben. Und Eis mit Schokosauce.

Ich wurde unsanft aus meinen Träumen gerissen, als ein älterer Mann mich von hinten an der Schulter rüttelte. »Mach schon, Mädchen! Ich will heute nochmal nach Hause«, schimpfte er. Rasch stopfte ich 1 kg Tomaten in einen Beutel, legte 5

Dirham auf die Theke und eilte nach Hause. Der Muezzin rief zum Gebet. Oh là là[55], es musste schon halb acht sein.

Monsieur Shellys Wagen war bereits in der Auffahrt geparkt. Ich machte mich direkt an die Arbeit. Als ich den Salon betrat, herrschte ein betretenes Schweigen zwischen Madame und Monsieur Shelly. Ich servierte den Salade marocaine und zog mich dann zurück in meine Kammer. Erneut bat ich Allah um Hilfe und Trost. Die Ereignisse des Tages belasteten mich sehr. Und so begann ich ein langes Gebet.

Plötzlich wurde ich durch einen lauten Streit der Beiden aufgeschreckt. Nach einer Weile wurde es wieder ruhiger und ich ging in die Küche, um mir ein Glas Wasser zu holen. Im Lichtschein sah ich Monsieur im Sessel des Salons sitzen. »Aicha? Sind Sie das?«, rief er.

»Oui, Monsieur. Haben Sie einen Wunsch?« »Oh ja, den habe ich. Setzen Sie sich einmal zu mir. Ich möchte Sie etwas fragen.« Schüchtern nahm ich auf dem Teppich Platz.

»Ich werde weggehen, Aicha. Nach Nigeria. Für vorerst vier Monate.« Er redete kurz und abgehackt. »Meine Frau ist darüber nicht begeistert, wie

---

55 oh ha

Sie sicher hören konnten. Ich möchte Sie inständig bitten, dass Sie bleiben und sich insbesondere um Joe kümmern. Er würde sonst gar keine Streicheleinheiten mehr bekommen.« Ich nickte stumm. Monsieur Shelly richtete seinen Blick dann wieder Richtung Fenster und starrte versunken in den dunklen Garten. Ich stammelte ein leises »À votre service« und begab mich ebenfalls in eine schlaflose Nacht.

In den nächsten Tagen war ich hauptsächlich damit beschäftigt, Monsieur Shellys Reise vorzubereiten. Einerseits war ich traurig darüber, bald alleine mit Madame zu sein, doch andererseits genoss ich seine Dankbarkeit. Seine Hemden legte ich fein säuberlich zusammen, nachdem ich sie glatt gebügelt hatte. Ich putzte seine Schuhe gründlich und polierte sie anschließend. Monsieur Shelly lächelte und sagte, dass dies wirklich nicht notwendig sei. Die seien ja so schnell wieder staubig. Auch in Nigeria würde er sicherlich einen Schuhputzer finden.

Madame und Monsieur redeten kaum noch miteinander. Tagsüber war Madame meist unterwegs und an den beiden Tagen, wenn Omar kam, stand sie rauchend auf dem Balkon und beobachtete ihn. Madame schickte mich zumeist dienstags, wenn er kam, in die Medina um Fisch und Gewürze zu kaufen. Monsieur wurde zusehends schmaler. Die ganze Situation setzte ihm offenbar ziemlich zu. Der Tag seiner Abreise rückte näher. Er saß fast jeden Abend bis tief in die Nacht hinein im Salon und starrte aus dem Fenster. Dazu genehmigte er sich ein Glas Whisky. Ein guter Whisky ist wie eine gute alte Schallplatte, hatte er mir einmal erklärt. Ich fragte mich, ob dies die Aufregung über die bevorstehende Reise oder die ungewisse Zukunft seiner Ehe war. Vermutlich eine Mischung aus beidem. Ich konnte jedenfalls fühlen, wie sehr er litt. Umso weniger verwunderte es mich, dass er recht fröhlich aussah, als er an jenem Morgen mit zwei riesigen, voll gepackten Koffern in den Salon trat.

Ich hatte mir extra einen frischen Kittel angezogen. Er sollte mich in bester Erinnerung behalten. Madame Shelly hingegen, lehnte in ihrem Sportoutfit im Türrahmen und rauchte eine Zigarette nach der anderen. Ihr Blick folgte jedem seiner Bewegungen. Während er seine Krawatte vor dem Spiegel band, fiel mir gerade noch ein, dass ich ja noch etwas zum Abschied für Monsieur vorbereitet hatte. Ich zog ein kleines Geschenktütchen mit roten Rosen darauf aus meiner Tasche, welches ich beim Hanoud gekauft hatte. In der Küche kletterte ich auf einen Stuhl, um an die Keksdose auf dem Küchenschrank zu gelangen. Ich hatte am Abend zuvor mit Mandeln und Rosenwasser gefüllte Gazellenhörnchen gebacken. Ich füllte das Tütchen damit und überreichte sie Monsieur Shelly stolz. Er war gerührt. Er reichte mir die Hand und drückte sie fest. Die andere Hand legte er darüber. Ich kniete nieder und küsste seine Hand. Dann stammelte ich: »Bon voyage[56]« und zog mich zurück.

Nachdem Monsieur abgefahren war, klopfte es meiner Tür. Ich bereitete gerade das Gebet vor. Madame Shelly wollte offenbar mit mir sprechen. Ich trat hinaus. Sie stand mit verzerrtem Gesicht vor mir. Ich erschrak. »Damit das klar ist, Aicha. Ich brauche dich nicht und ich wollte dich nie hier haben!«, sagte sie mit fester Stimme. »Es ist der ausdrückliche Wunsch meines Mannes, dass du bleibst. Ich rate dir nur, dich wie Luft zu verhalten.« Dann verschwand sie wieder.

Ich konnte es nicht fassen. Wie konnte jemand nur so bösartig sein? Andererseits tat sie mir auch ein wenig leid. Ein Mensch, der so grausam zu seinen Mitmenschen ist, der muss selbst schlimme Erfahrungen in seinem Leben gemacht haben...

Ich lag die ganze Nacht wach. Die letzten Jahre zogen an mir vorbei. Ich sah mich heranreifen. Von

---
[56] Gute Reise.

dem kleinen Mädchen war nicht mehr viel übrig. Ich dachte auch an früher und wie alles hätte anders verlaufen können. Ich malte mir aus, wie ich mein Abschlusszeugnis in den Händen hielt. Sah mich vor mir, mit einer bestickten weißen Bluse, die Haare hübsch zusammengesteckt und nach Rosenwasser duftend.

Am nächsten Morgen traf ich entgegen meinem Versprechen einen unabdingbaren Entschluss. Ich nahm einen Zettel und einen Stift aus der Schublade und schrieb:

»Möge Monsieur meine Entscheidung verzeihen. Allah beschütze Sie. Aicha.«

Ich packte meine Sachen in ein paar Plastikbeutel, legte den Zettel auf mein Kopfkissen und ging hinaus ins Ungewisse. Es war erst 07:30 Uhr. Die Straßen waren leer. Um diese Zeit war es einfach einen Platz im Bus zu ergattern. Müde ließ ich mich auf einen Sitz fallen, der mich nach L'Océan brachte.

Kurz vor meiner Haltestelle glaubte ich, meinen Augen nicht zu trauen. Eine Frau überquerte die Straße. Sie sah aus wie Saloua, meine Saloua! Mon Dieu! Aber das konnte doch nicht... Wieso sollte...? Träumte ich? Was wenn...?

Ich sprang auf und rief dem Busfahrer zu, dass er bitte sofort anhalten müsse. Dieser reagierte überhaupt nicht. Wir waren schon ein ganzes Stück weiter gefahren, als er schließlich an der Haltestelle anhielt. Ich stürzte hinaus und lief den Berg hoch. Oben angekommen, war sie nicht mehr zu sehen. Ich nahm den Eingang zu einer schmalen Seitenstraße. Die Straße machte einen Knick und vor mir lag ein sich schlängelndes Gässchen. Ich lief etwas schneller und sah plötzlich das rote Kopftuch vor mir. Ich näherte mich der Frau und hörte mich plötzlich laut rufen: »Saloua?«

Die Frau blieb stehen und drehte sich langsam zu mir um. Sie begutachtete mich mit fragendem Blick, bevor sie auf mich zuging und sich ihre Gesichtszüge entspannten.

Saloua sah aus wie eine feine Madame. Sie trug eine cremefarbene Djellaba mit roten Ornamenten. Der Saum war üppig bestickt. Die Fingernägel waren sorgfältig mit Henna gefärbt. Das Kopftuch schimmerte im Morgenlicht. So gepflegt hatte ich sie noch nie zuvor gesehen. Sie sah sogar richtig hübsch aus.

Sie streckte ihre Arme aus, ihre Augen füllten sich mit Tränen. »Aicha, Kind.« Wir hielten uns sehr lange in den Armen.

»Lalla Saloua[57]«, sagte ich lachend. »Endlich sehen wir uns wieder«, sagte sie und küsste meine Stirn. Sie nahm mich bei den Händen und sah mich eindringlich an.

»Dir geht's nicht gut, stimmts?« Ich blickte nach unten und konnte mein Schluchzen schließlich nicht mehr zurückhalten. Ich weinte und weinte. Sie streichelte sanft meinen Rücken und summte mir ein altbekanntes Kinderlied ins Ohr. Nach einer Weile, reichte sie mir ein Taschentuch und sagte, ich solle mitkommen. Sie wolle jemanden besuchen, der hier irgendwo wohne. Sie hatte einen kleinen Zettel mit einer handschriftlichen Wegskizze dabei. Die Gasse wurde immer enger. Wir bogen zweimal rechts und einmal links ab und standen schließlich vor einer alten rustikalen Holztür. Saloua klopfte und drückte gleichzeitig die Tür auf. Wir gingen in den ersten Stock. Es roch nach Zedernholz und feuchten Wänden. Eine weibliche Stimme rief, wir sollten ruhig eintreten. Vor uns stand eine alte gebückte Frau, die sich an einem Stock festhielt. Bei näherem Hinsehen bemerkte ich, dass die Frau blind war. Das eine Auge war völlig farblos. »Tante Rachida. Ich bin es. Saloua.«

---

57 Anrede für eine Prinzessin

»Saloua?« »Saloua min Timahdite[58]?«, fragte sie entgeistert. Sie hob den Kopf etwas an und blickte in unsere Richtung. Saloua näherte sich und küsste die rechte Hand der alten Frau. »Ich habe durch Zufall erfahren, dass es dich gibt und du in Rabat lebst, Tante Rachida. Du bist meine einzige lebende Verwandte. Ich bin vor einigen Jahren hier weggezogen. Wenn ich das nur vorher gewusst hätte. All die Jahre hier in Rabat...«

»Ich habe auf dich gewartet. Jetzt bin ich schon halb tot. Ich kann fast nichts mehr sehen und gut zu Fuß bin ich auch schon lange nicht mehr. Aber komm einmal, lass dich anfassen.« Die alte Tante tastete Saloua von oben bis unten ab und stockte plötzlich an ihrer linken Hand.

»Mince Alors!«, staunte die Alte. »Das ist aber ein Klunker. Bist du etwa reich, Kindchen?«

Tatsächlich. Mein Blick entglitt mir beinahe. Dass ich das nicht sofort gesehen hatte. Saloua, meine Saloua, war eine Ehefrau. Ich ließ mich auf einen Sessel sinken und hörte zu, wie Saloua die letzten Jahre erzählte:

»Als ich vor zwei Jahren Rabat verließ, hatte ich nichts außer ein paar Dirham. In Rabat kannte ich sonst niemanden. Es blieb mir also nichts anderes

---

58 aus der Stadt Timahdite

übrig, als nach Timahdite, meinem Geburtsort, zurückzukehren. Drei Tage lang war ich zu Fuß und mit dem Taxi unterwegs. Und das alles nach der Operation. Saloua nickte mir dankend zu. Ihr könnt es euch sicher vorstellen. Gut ging es mir nicht.«

Sie hielt kurz inne.

»Als ich die Moschee, den Dorfbrunnen und den Hanoud sah, hatte ich den Eindruck, dass die Zeit irgendwie stehen geblieben sein muss. Hier hatte sich rein gar nichts verändert, keine Spur von der Moderne. Meine alte Freundin Safia erkannte mich sofort. Ich stand vor den Ruinen unseres Hauses als sie gerade den Berg mit zwei Eimern Wasser vom Brunnen hinunterkam. Ich brauchte einen Moment, um sie zu erkennen, doch ihr Lächeln war einmalig. Ihr Oberkiefer enthielt nur noch ein paar wenige vereinzelte Zähne. Sie wirkte ausgezehrt, aber froh. Wir küssten uns und ich erzählte ihr die Geschichten aus Rabat, bis es allmählich dunkel wurde. Als der Imam zum Gebet aufrief, lud Safia mich zu sich nach Hause ein. Ihr Mann war bereits vor einigen Jahren gestorben. Wir bereiteten zusammen eine Tajine aus Ziegenfleisch, Kartoffeln, Mandeln und getrockneten Aprikosen zu. Währenddessen erzählten wir uns alte Geschichten von früher. Wir erinnerten uns an das Verstecken spielen in der Medina, daran, wie wir dem alten Schuster immer die schwarze Schuhcreme geklaut hatten und damit unsere Geheimschrift übten und an den Fastenmonat Ramadan, welcher für uns als Kinder immer am Schönsten war. Wir durften lange aufbleiben und es gab viele Süßigkeiten zum Naschen.«

Wir lachten und sangen, als es plötzlich an der Tür klopfte. Safia zupfte schnell ihre Schürze und ihr Kopftuch zurecht. Dann drehte sie sich zu mir und sagte, dass sie ganz vergessen habe, dass Ibrahim jeden Dienstag zu ihr zum Abendessen komme. Er sei allein, ein lieber alter Mann. Man erzählte sich, er habe viele Ländereien von Meknes bis Ouarzarzate. Ich warf rasch einen Blick in den Spiegel, dann öffnete Safia die Tür. »Mesachär, Sidi Ibrahim«. »Mesachär[59], Safia.« Er sah fragend zu mir herüber. Safia erklärte, dass ich eine alte Freundin aus Rabat sei. Ibrahim sagte, dass er sich sehr freue, meine Bekanntschaft zu machen. »Laila«, nannte er mich. Er verbeugte sich vor mir und legte seine rechte Hand zur Wertschätzung an seine Brust. Verlegen und beeindruckt von der Freundlichkeit dieses Mannes machte ich mich daran, den Tisch zu decken und die Kerzen anzuzünden. Ibrahim lobte den großartigen Duft des Essens und ließ sich auf einem Hocker nieder. Wir tranken einen Minztee und aßen anschließend zusammen. Dabei

---

59 Guten Abend.

erzählten wir uns Geschichten bis tief in die Nacht hinein.

Ich durfte solange bei Safia bleiben, wie ich wollte. Dies wusste ich sehr zu schätzen. Ich bezog das kleine Bonne-Zimmer, dies war mehr als genug und etwas anderes war ich auch gar nicht gewohnt. Safia stand jeden Morgen um 5 Uhr auf, um Brot zu backen, welches sie im Laufe des Vormittags verkaufte. Sie war im ganzen Dorf bekannt dafür. Ein altes Familienrezept. Ich half ihr bei der Auslage des Brotes. Ab 7 Uhr kamen die ersten Kunden. Zu dieser Zeit waren es zumeist Reisende. Ibrahim war einer der ersten Kunden. Er plauderte eine Weile mit uns und machte sich dann auf den Weg zur Moschee.

»Hast du gesehen, wie er dich angesehen hat, Saloua? Das ist mir gestern Abend schon aufgefallen. Er kommt sonst nie so früh hierher«, sagte Safia verwundert.

»Safia, ich bitte dich. Ein Mann von diesem Format. Schau mich doch an«, entgegnete ich. Ich sah an mir herunter. Das lange strähnige Haar klebte auf meiner Haut. Die Schürze konnte mal wieder eine Wäsche gebrauchen. Safia grinste verschmitzt und ließ die Haschas vom Blech in eine Schale gleiten.

»Nun sag schon, Kindchen«, entfuhr es der alten Tante. »Ist das der Mann, den du geheiratet hast?« »Nein, noch nicht verraten, Saloua! Erzähle erst noch ein bisschen weiter!«, widersprach ich.

Saloua blickte zwischen der Tante und mir hin und her und fuhr lächelnd fort. »Ibrahim und ich, wir verstanden uns wirklich prächtig und nachdem er eines Tages von einer seiner vielen Reisen zurückkehrte, brachte er mir einen Strauß roséfarbener Rosen aus dem Rosental mit, die so dufteten, als ob man inmitten eines riesigen Blumenfeldes läge. Er fragte mich schließlich, ob ich ihn heiraten möchte. Ich bat ihn um einen Tag Bedenkzeit.«

»Waaaaas? Bist du verrückt, Saloua?!«, entfuhr es mir. »Aicha, das war alles nicht so leicht, wie es sich für dich anhört. Ich ging abends ins Hammam und bat meine Freundinnen um Rat. Einige waren neidisch, aber die meisten erklärten mich für völlig verrückt. Wie es denn sein konnte, dass ich nicht sofort »Ja« gesagt habe und so weiter. Safia verstand mich hingegen. »Du fühltest dich nicht gut genug für ihn, nicht wahr?«, hakte ich nach und strich dabei über Salouas Hand. Sie nickte. »Safia machte mir Mut und gab mir zu verstehen, dass jeder das Recht auf ein glückliches und gutes Leben hat. Am nächsten Morgen stand mein Entschluss fest. Als Ibrahim zum Brot holen kam, nickte ich ihm freudestrahlend zu.«

»Die Hochzeit wurde am Dorfbrunnen abgehalten. Es gab einen Festschmaus, bei dessen Ausrichtung alle mithalfen. Es ging alles so schnell, dass ich mein Glück gar nicht fassen konnte. Das war vor einem Jahr und ich muss sagen, dass Ibrahim wirklich ein liebenswerter Ehemann ist, auch wenn er nicht oft da ist, bin ich wirklich glücklich.«

Meine Augen füllten sich mit Tränen, so sehr war ich gerührt. »Saloua, ich gratuliere dir. Ich bin so froh, dass es dir gutgeht.« Wir küssten einander und Saloua streichelte wie früher meinen Hinterkopf. Ein wohliger Schauer lief mir über den Rücken.

»Wir müssen gehen«, sagte sie dann plötzlich. Sie übergab ihrer Tante einige 100 Dirham und verabschiedete sich dann eilig. »Ich werde dich bald wieder besuchen kommen, Tante Rachida.« »Inschallah«, entgegnete sie und wir traten hinaus in die Nachmittagshitze.

»Saloua, willst du wirklich schon wieder zurück?« »Ich muss, Aicha. Ibrahim kommt morgen aus Fès zurück. Aber ich komme wieder, versprochen. Nun erzähl erstmal, meine kleine Aicha! Was ist los?« »Ich, ähm, naja ich...«, stammelte ich. »Es tut mir schrecklich leid, Aicha. Da kommt das letzte Taxi, das heute Abend noch Richtung Süden fährt. Ich muss es nehmen!« Sie blickte mich verzweifelt an. »Ist schon in Ordnung, Saloua, wirklich. Ich komme schon zurecht. Al hamdullilah, dass wir uns überhaupt begegnet sind.« Sie kritzelte mir schnell noch ihre Telefonnummer auf ein Stück Papier. »Ruf mich an, Kleines. Und du musst mich unbedingt besuchen kommen.« »Inschallah«, entgegnete ich zwinkernd. Sie sprang ins Taxi, winkte und schon fuhren sie los.

Da stand ich nun im Halbdunkeln. Ziellos. Obdachlos. Allein.

Kapitel 7: Die Agentur und der Strich

Mit den Plastikbeuteln in der einen Hand, dem zusammen gefalteten Zettel mit Salouas Telefonnummer in der anderen Hand, stand ich vor meinem Elternhaus. Zwei Jahre waren seit dem Tag vergangen, der alles veränderte. 1000 Fragen schossen mir durch den Kopf, als ich plötzlich eine bekannte Stimme rufen hörte: »Was hast du denn vor, Aicha?!« Meine kleine Schwester lugte oben am Fenster.

»Bitte öffne die Tür«, forderte ich sie auf. Eine Minute später schaute ich meiner Schwester durch die Türkette in die Augen. Ihr hämisches Grinsen legte sie dabei auf, wie eh und je. Sie war groß geworden. Und hübsch. »Mutter ist noch nicht zurück von der Arbeit und Vater ist krank. Er möchte keinen Besuch.« »Was heißt krank? Ich bin seine Tochter. Du wirst doch wohl nicht versuchen wollen, mich abzuwimmeln.« Ich lehnte mich gegen die Tür. »Warte kurz, Aicha.« Sie stakste davon. Zwei Minuten später öffnete sie die Türkette. »Du darfst reinkommen.«

Ich würdigte sie keines weiteren Blickes mehr. Vater lag auf der Couch im Salon. Er war blass und dünn. »Salam-al-laikum, Vater.« »Al-laikum-assalam, Aicha.« »Wie geht's dir, Vater?« »Ach, das ist nur wieder so eine Magenverstimmung. Das geht vorbei.« »Naja, ich weiß nicht. Warst du denn mal bei Dr. Jallal?« »Jetzt fang mir noch so an, wie deine Mutter! Was treibt dich überhaupt hierher, so spät am Abend?« »Also, um es kurz zu machen. Ich habe meine Arbeit verloren und wollte euch bitten, mich für einige Zeit bei euch aufzunehmen. Nur solange, bis ich etwas anderes gefunden habe.«

Er zog die Augenbrauen hoch und atmete tief ein. »Frag deine Mutter. Wegen mir. Und wenn du schon mal da bist, mach mir doch einen Nana![60]« Mit schmerzverzerrtem Gesicht versuchte er, sich aufzurichten.

Die Küche wirkte irgendwie noch kleiner als damals. Überhaupt fühlte ich mich wie in einem mickrigen Puppenhaus. Ich musste so schnell wie möglich eine neue Arbeit finden, soviel stand fest. »Hast du mir etwas mitgebracht?« Das kleine Biest lehnte in der Tür und beobachtete mich. Ich ging gar nicht darauf ein. »Wo ist denn Lamia?«, fragte ich. »Weißt du das denn nicht?« »Was denn?« Sie wendete sich von mir ab. »Nun spuck's schon aus!«, rief ich ihr nach. »Sie ist mit der Familie Benaissi nach Frankreich gefahren. Sie machen dort Urlaub. Lamia

---

60 marokkanischer Minztee

kümmert sich um den Haushalt und die Kinder. Nicht schlecht, was? Das hast du wohl noch nie geschafft«, sagte sie verächtlich. »Was ist denn hier los?« Mutter stand mit voll bepackten Händen in der Küche. »Sie will wieder hier wohnen.« Khadija verdrehte die Augen und setzte sich an den Tisch. »Halt, halt, Fräulein.« Sie übergab Khadija die Einkäufe. »Hier, das kannst du erst mal ausräumen und dann helft ihr mir das Abendessen zuzubereiten.«

Mutter vermied es, mir in die Augen zu sehen. Sie erzählte die ganze Zeit von der spanischen Familie und was für eine miserable Köchin die Frau doch sei. Die Kinder seien nicht erzogen und überhaupt sei sie es leid, für Andere den Dreck wegzumachen. Es hatte sich also nichts geändert. Sie war immer noch die Alte. Gut, etwas Anderes hatte ich auch eigentlich nicht erwartet. Wenn man Tag ein, Tag aus, immer nur dasselbe macht, wie soll man da auf andere Gedanken kommen? »Wir sprechen später über dich«, flüsterte sie mir beim Vorbeigehen zu.

Vater konnte sich kaum alleine aufrichten. Er wackelte in die Küche, ließ sich auf seinen Stuhl plumpsen und rieb sich die Augen. »Schon wieder nur etwas Kaltes zu Essen? Wie soll man da wieder zu Kräften kommen?« »Im Kühlschrank ist noch etwas Harira[61] von vorgestern. Aicha, bitte wärme sie für deinen Vater auf.«

Und schon war ich wieder in meiner alten Rolle. Ich bediente meine eigene Familie. Ich schaute kurz in die Runde, bevor ich mich erhob. Vater starrte müde auf seinen leeren Teller. Mutter und Khadija tunkten das Brot in der Salatsoße und aßen ein paar Oliven, die Mutter frisch vom Markt mitgebracht hatte. Mit einer ungeheuerlichen Selbstverständlichkeit und ohne mich eines Blickes zu würdigen. Meinen Körper durchzuckte es wie ein Blitz. Es verletzte mich. Hier war nicht mein Platz. Heute noch weniger als damals. Ich wärmte die Suppe, füllte sie auf einen Teller, strich meinem Vater über die Schulter und legte mich auf die Matte neben dem Bett meiner Schwester. Obwohl ich nur noch traurig war, schlief ich schnell ein. Zum ersten Gebetsaufruf kurz vor Sonnenaufgang hatte ich einen schrecklichen Traum.

Saloua stand mit zerrissenen Kleidern vor mir. Inmitten der Medina von Rabat. Sie hatte zerzaustes, dünnes Haar. Ihre Hände waren blutverschmiert. Die Leute zeigten mit dem Finger auf sie. »Hexe, Hexe«, zischte es rundherum. Ich ging auf sie zu, aber sie wich zurück. Ihre Augen waren trüb. Ich streckte meine Hand aus, aber ich konnte

---

61 marokkanische Suppe

sie nicht berühren. Ich rief nach ihr, versuchte die Leute zwischen uns wegzuschieben. Es roch scheußlich. Ratten sprangen zwischen meinen Füßen herum. Ich bekam keine Luft mehr und wachte schließlich auf. Mir war ganz heiß. Khadija machte das Licht an. »Was ist denn mit dir los, Aicha?! Bist du vom Djinn besessen?« »Schlaf weiter, Khadija. Ich hab nur schlecht geträumt.«

Als ich am Morgen in die Küche kam, war Mutter bereits kurz davor, das Haus zu verlassen. Sie formte ein paar Teigballen zu kleinen Broten und platzierte sie auf einem Blech. Sie schielte zu mir herüber. Ich setzte mich auf einen Hocker und zog die Knie heran. Mein Nachtkleid zog ich bis zu den Füßen herunter.

»Dein Vater und ich haben gestern noch etwas länger über deine Zukunft gesprochen, Aicha.« Ohne sich zu mir umzudrehen, sprach sie weiter. »Wir finden, es ist an der Zeit, einen Mann für dich zu finden. Du kannst nicht ewig hierbleiben. Außerdem bist du im heiratsfähigen Alter. Lieber jetzt als...«

Sie hatte zunächst nicht mitbekommen, dass ich den Raum wieder verlassen hatte. Ich lag auf meiner Matte und hörte, wie sie mein Leben weiter ausführte. Ich fühlte mich nur noch leer und verlassen. Das, was meine Eltern für mich vorsahen, ließ mir keine Luft mehr zum Atmen. Ich musste Saloua anrufen. Sie um Hilfe und um Rat bitten.

Kurz darauf hörte ich, wie die Haustür ins Schloss fiel. Unfähig, mich zu bewegen oder aufzustehen, starrte ich an die Decke des Zimmers. Khadija schlief noch immer. Tausende Gedanken kreisten mir im Kopf herum. Ich musste schnellstens eine neue Anstellung finden. Vielleicht konnte ich so das Thema Heirat noch etwas hinauszögern. Vater klopfte an die Tür. »Aufstehen, Mädchen. Was ist mit meinem Frühstück?«

Ich sprang mit einem Satz auf die Beine und setzte Wasser für den Kaffee auf.

»Ich werde mich nach einem passenden Ehemann für dich umsehen, Kind. Spätestens im nächsten Frühjahr wirst du heiraten. Bis dahin hilfst du deiner Mutter bei den Cabrels und hier im Haus.« Ich stimmte schweigend zu.

Ich zog mich an und ging hinaus. Zwei Straßen weiter ließ ich meinen Tränen freien Lauf.

Nein, nein, nein! Das durfte alles nicht sein! Wie konnte ich nur so naiv sein und glauben, dass ausgerechnet meine Eltern Verständnis für meine Situation hätten. Aber es musste eine Lösung geben.

Ich musste auf eigenen Füßen stehen, meinen Eltern nicht noch einen weiteren Tag zur Last fallen. Ich steuerte auf den Park zu. Am Eingang stöberte ein älterer Mann in einer Mülltonne nach etwas Brauchbarem. Dabei warf er all das, was er als nicht brauchbar aussortierte, einfach neben die Tonne. Frauen aus L'Ocean saßen mit ihren Kleinkindern auf dem Arm auf den wenigen Bänken. Überall lag Müll herum. Der Duft des Herbstes lag in der Luft. Wenn ich doch nur zu Saloua fahren könnte. Aber ohne Geld? Wie weit ich wohl mit dem wenigen Ersparten von den Shellys kommen würde? Bisher hatte ich Rabat noch nie zuvor verlassen. Ich suchte nach einer ungestörten Ecke, als ich plötzlich jemanden meinen Namen rufen hörte.

Ich drehte mich in alle Richtungen und sah Samira, eine alte Schulfreundin, auf mich zukommen. »Aicha, salam-al-laikum. Wie geht es dir? Wir haben uns ja eine Ewigkeit nicht gesehen.« »Al-laikum-assalam und herzlichen Glückwunsch.« Ich küsste das Baby, welches sie auf dem Arm hielt, auf den Kopf. »Wie schaut es denn bei dir aus, Aicha?«

Sie deutete dabei auf meinen Bauch. Sie sah mich mit warmem Blick an und da konnte ich mich nicht mehr zusammenreißen. Völlig verzweifelt vertraute ich mich Samira an und ließ mich von ihr trösten.

»Ich hab' da eine Idee.« Sie stieß mich aufmunternd von der Seite an und erzählte mir von den großen Werbeplakaten an der Ecke am Busbahnhof. Es würde nun eine Agentur in Rabat geben, welche Bonnes vermittle. Man bekäme einen geregelten Lohn, Arbeitskleidung und einen richtigen Vertrag. Es war jedoch nicht vorgesehen, bei den Herrschaften zu wohnen. Darum müsste man sich selbst kümmern. Auf dem Werbeplakat war eine Frau mit Kopftuch und Staubsauger abgebildet. Darüber stand in Fettbuchstaben »Vermittlung von Haushaltshilfen«, sowohl auf Französisch als auch auf Arabisch. Ich zückte direkt mein Handy und wählte die auf dem Plakat angegebene Nummer. Die Frau am anderen Ende der Leitung sagte mir freundlich, dass es momentan noch nicht allzu viele Interessentinnen gäbe und ich gleich morgen früh ab 9 Uhr vorbeikommen könne. Ich fiel Samira um den Hals und küsste sie. Ein Hoffnungsschimmer machte sich in meinem Herzen breit. »Komm mit uns zum Mittagessen, Aicha. Es gibt frische Sardinen und Zaalouk.« Ich hatte heute noch nichts gegessen und merkte genau in diesem Moment, wie sehr mein Magen knurrte. Freudig stimmte ich zu und wir schlenderten gemeinsam am Flussufer entlang zur »Kasbah des Oudayas[62]«, wo Samira eine kleine Wohnung mit ihrem Mann und dem

---

62 festungsartiges Wohnviertel in Rabat

kleinen Wahed[63] hatte. Nachdem Samira den Kleinen gestillt und zum Schlafen hingelegt hatte, servierte die Bonne das Mittagessen. Samira schob die Hälfte der Mahlzeit für ihren Ehemann von ihrem Teller in eine Schale. Als ich es ihr gleich tun wollte, ermahnte sie mich. »Du musst wieder zu Kräften kommen, Aicha. Iss!« Ich verdrehte die Augen. »Ich werde nicht so schnell vom Fleisch fallen«, sagte Samira ironisch und zwickte sich dabei in ihre Speckrolle an der Hüfte. Wir lachten. Ich aß innerhalb kurzer Zeit den ganzen Teller auf und rülpste ungehemmt. Dann ließ ich mich zurück in den Salon marocain fallen und zog die Knie an. Ich ließ meinen Blick durch den kleinen bunten Salon schweifen. Die Wände waren rissig. Die Scheibe des schmalen Fensters klapperte bei jedem Windzug. Ein riesiger Fernseher hing an der Wand neben der Tür. Der Teppich reichte nicht ganz bis ans Ende der Sitzecke. Ich nahm einen Zahnstocher und musterte Samira von der Seite. Die Schwangerschaft hatte sie ein paar Kilos zu viel und mehrere graue Haare gekostet. »Bist du glücklich, Samira?« Sie starrte mich entgeistert an. »Hamdullilah«, entgegnete sie lächelnd nach einer kurzen Pause. Dennoch hatte ich ein ungutes Gefühl. Sie räumte rasch den Tisch ab und bot mir an, mich noch ein wenig bei ihr auszuruhen, bevor ihr Mann am Abend nach

---

63 Erstgeborener

Hause komme. Ich nahm das Angebot dankend an und schlief etwas. Das Baby weinte, ich wachte auf und ging in das Schlafzimmer. Samira hatte ihre Djellaba heruntergezogen und stillte den Kleinen. Ich traute meinen Augen nicht, als ich die blauen Flecken an ihrem Schlüsselbein und der Brust sah.

Sie bemerkte meinen schockierten Blick und zog das Spucktuch etwas höher. »Du musst jetzt gehen, Aicha.« Ihre Stimme klang bestimmt. »Mein Mann wird bald nach Hause kommen.« Sie strich Wahed über die Stirn. »Komm mal wieder vorbei.« Ich küsste ihre Hände, bedankte mich und verabschiedete mich völlig irritiert von Samira. Draußen dämmerte es bereits und der Muezzin rief zum Gebet. Ich wollte noch nicht nach Hause gehen. Mich nicht den Blicken meiner Familie aussetzen. Zwei Frauen begegneten mir mit Eimern und Matten. Oh ja, das ist jetzt genau das Richtige, dachte ich mir. Es fröstelte mich und so folgte ich den Beiden ins örtliche Hammam. Mit Mutter war ich immer in das Hammam direkt bei uns um die Ecke gegangen. Dieses hier erschien mir etwas größer und freundlicher. Schon am Eingang duftete es nach schwarzer Seife und Rosenwasser. Ich gab meine Sachen ab und erhielt ein großes Handtuch. Ich gab einer Hammamfrau 30 Dirham und sie zog mich durch den Wasserdampf in den hinteren Bereich. Das

Hammam bestand wie die meisten aus drei verschiedenen Räumen. Der erste Raum ist der Umkleide- und gleichzeitig Ruheraum. Dahinter befinden sich zwei unterschiedlich warme Waschräume. Ich ging in den hinteren, etwas wärmeren Raum. Die Frau breitete eine Matte aus, auf die ich mich setzte. Sie übergoss mich mehrmals mit warmem Wasser. Dann nahm sie ein vorbereitetes Schälchen mit schwarzer Seife, die aus Henna, Arganöl und Rosenwasser bestand, und rieb mich vollständig damit ein. Anschließend legte ich mich auf den Rücken und versuchte ein wenig zu entspannen. Neben mir waren noch zwei weitere Frauen in dem Raum. Ich genoss die Ruhe. Jedoch nicht lange, denn kurz darauf kam eine Clique jüngerer Mädchen. Sie unterhielten sich lautstark über den neuesten Klatsch und Tratsch. Nach einer Weile kam die Hammamfrau mit einem Handschuh zurück und schrubbte meinen Körper damit ab; solange, bis die Haut ganz weich war. Anschließend wusch ich meine langen dunklen Haare und spülte sie intensiv aus. In das große Handtuch gewickelt, setzte ich mich in eine Ecke neben dem Eingang und zog die Beine an. Ich säuberte meine Fingernägel von der schwarzen Seife und ließ die Haare etwas antrocknen. Ich genoss die Anonymität dieses Hammams. Hier musste ich mich nicht rechtfertigen.

Auf dem Heimweg ging ich auf einen Tee bei Hanoud Mohammed vorbei und kaufte mir ein paar Kekse. Ich fühlte mich entspannt und war neugierig auf den morgigen Tag. Inschallah würde alles gut werden.

Mohammed zwinkerte mir wie immer zu. Er konnte nicht sprechen. Er deutete auf seine Zähne. Er meinte wohl, dass ich nicht so viele Kekse essen solle, damit ich nicht solche Zähne wie er bekäme. Ich biss in die Hälfte des Kekses mit der Schokolade und schob den Oberkiefer vor. Wir lachten ausgelassen. Zum Abschied schenkte er mir eine Zitrone. Wie früher, dachte ich.

Zu Hause angekommen, klopfte ich und es dauerte eine ganze Weile bis mir Vater schließlich öffnete. »Wo hast du dich denn den ganzen Tag rumgetrieben?« Deine Mutter hat den ganzen Tag geschuftet. Nach dem Abendessen musste sie nochmal los, da die Cabrels heute Abend Gäste haben.« Er lief gekrümmt zurück in die Küche und sank in einen Stuhl zurück. »Ich habe mich um einen Job gekümmert, Vater. Ich werde bereits morgen früh anfangen«, log ich. Er zog die Augenbrauen hoch und nickte nur.

Um Mutter aus dem Weg zu gehen, stand ich extra früh auf, trank einen heißen Tee und schlenderte noch eine Weile am Bou-Regreg[64] entlang, bevor ich mich auf den Weg zur Agentur machte. Um diese Zeit war kaum ein Mensch auf der Straße. Die Fischer legten mit ihren Booten ab, der Wind wehte mir um die Ohren. Es roch nach Meer und Backstubenduft. An der Medinamauer angekommen, folgte ich dem leckeren Duft nach frischen Teigfladen und betrat die kleine alte Backstube. »Sabachalchär, Sidi«, begrüßte ich den Bäcker. »Sabachelnur[65], Leila«, entgegnete er und sah mich mit müden Augen an. Ich legte 1,50 Dirham auf die Theke und griff nach einem noch warmen frischen Rundfladen. Der Bäcker zwinkerte mir zu. Ich wünschte ihm einen schönen Tag und biss genüsslich in das duftende Brot. Dann sah ich die Buslinie Nummer 9 kommen. Ich stopfte rasch das Brot in meine Tasche und sprintete los. Im letzten Moment sprang ich gerade noch rechtzeitig in den hinteren Teil des Busses. »Al hamdullilah«, sagte ich völlig außer Atem und ließ mich neben einer gut gekleideten Frau in den Sitz fallen. Ich musterte diese von der Seite und sah auf ihrer Bluse die Buchstaben »AvS« aufgedruckt. Das sagte mir etwas. Wo hatte ich das denn schon mal gesehen? Ach, ja klar. Die Agentur. »À votre Service«. Auf dem Plakat gestern stand das drauf. In diesem Moment stand sie auf, um an

---
64 Fluss, der Rabat von der Schwesterstadt Salé trennt
65 Antwort auf »Guten Morgen«

der nächsten Haltestelle auszusteigen. Schnell erhob ich mich und ging hinter ihr her.

Die Agentur befand sich im Stadtviertel »Les Orangers«, nicht weit weg von der Innenstadt. Nach einer Weile blieb sie plötzlich stehen und drehte sich um. »Kann ich dir helfen? Verfolgst du mich etwa?« Die Frau starrte mich mit weit aufgerissenen Augen an.

»Entschuldigen Sie. Ich wollte mich heute Morgen bei Ihrer Agentur vorstellen und da ich den Weg nicht kenne, habe ich mich...« Ihr Blick wurde freundlicher und sie unterbrach mich: »Na, dann komm mal mit. Wir sind gleich da. Da vorne, das weiße Gebäude. Wir sind im ersten Stock.« Erleichtert ging ich auf sie zu. »Hast du schon mal als Bonne gearbeitet?« »Ja, ich musste leider die Schule abbrechen, um Geld zu verdienen. Schließlich bin ich auch dabei geblieben. Der Traum vom Schulabschluss oder sogar der Abschluss einer Ausbildung ist sozusagen zerplatzt.« Die Frau lächelte mir aufmunternd zu und sagte: »Da bist du leider nicht die Einzige. Ich bin übrigens Leila.« Wir küssten uns auf die Wangen.

Mutter hatte mir immer vorgelebt, niemals einer fremden Person etwas Persönliches zu erzählen, doch ich vertraute mit der Zeit auf mein Gefühl und dieses hatte mich bislang auch noch nie im Stich gelassen. Vor dem Gebäude warteten bereits einige Frauen, mindestens drei von ihnen waren jünger als ich. Leila schloss die Tür zu der kleinen Agentur auf und bat uns Platz zu nehmen. Es gab neben dem Wartebereich einen kleinen Empfangstresen und zwei Büros, die durch eine bewegliche Wand getrennt waren. Das Plakat mit der Frau und dem Staubsauger schmückte den Schrank. Leila verteilte Fragebögen und Kugelschreiber.

Eine Frau stand auf und ging wieder. Zwei andere Frauen gingen zu Leila und flüsterten ihr etwas ins Ohr. Später erfuhr ich, dass sie nicht lesen und schreiben konnten. Ich beeilte mich, um möglichst schnell an die Reihe zu kommen. Bei der Frage nach Fremdsprachenkenntnissen, gab ich Französisch und Englisch an. Bei meiner Zeit bei den Shellys hatte ich einiges aufgeschnappt. Ich konnte zwar keinen ganzen Satz sagen, aber es waren immerhin Kenntnisse. Leila erledigte ein paar Anrufe und erklärte uns dann, dass es aktuell eine Anfrage eines Autohauses in der Avenue Hassan II gebe. Die Agentur könne vier Frauen einen Vertrag über ein Jahr mit einer Probezeit von drei Monaten anbieten. Die Arbeitszeit sei abends von 18 – 22 Uhr und vormittags, an den Wochenenden von 8 – 12 Uhr.

Das hörte sich professionell an, dachte ich mir. Nachdem alle Bewerberinnen ihre Fragebögen ausgefüllt hatten, durften wir erst einmal wieder gehen. Leila werde sich nach Auswertung der Fragebögen bei uns melden.

Ich hatte kaum die Agentur verlassen, als Samira anrief. »Und, wie war's?« »Ich denke das wird was. Aber ich muss bis heute Abend warten, dann melden sie sich wieder. Ich fühle mich aber schon sehr viel besser. Danke für Alles, Samira!« »Keine Ursache, Aicha. Wir kennen uns doch schon so lange, da ist das doch selbstverständlich.« »Treffen wir uns bei Mohammed auf einen Kaffee? Sagen wir in 20 Minuten?«, fragte ich. »Nein, das geht nicht, Aicha. Ich... Wir sehen uns bald wieder, versprochen. Nur heute kann ich nicht raus.« Sie wirkte verzweifelt und ich wollte nicht weiter nachfragen. »Ok, verstehe. Dann melde dich, ja?!«, erwiderte ich. »Ja klar. Besläma,[66] Aicha.«

Ich hatte kein gutes Gefühl, was Samira anging. Überhaupt kein gutes.

Auf dem Rückweg lag ein kleiner Musikladen. Dort wurden alle aktuellen internationalen Songs auf CD verkauft. Ich beschloss einen Blick hinein zu werfen. Als ein Paar und ich den Laden betraten,

---

66 tschüss

wurde die Musik lauter gedreht. Es lief Shakira. Ich stöberte eine Weile durch die Regale und sang leise mit. »Do you speak English?« Ich drehte mich erschrocken um. Vor mir stand ein junger Mann mit Kopfhörern. Er war Europäer. »Ähm, not really«, sagte ich leise. Ich schämte mich und blickte nach unten. »Ich dachte es nur, da du mitgesungen hast. Stehst du auf Shakira?« »Sie ist schön«, erwiderte ich. Der Junge grinste. »Ich bin Cedric aus England. Ich mache hier ein Praktikum. Gehst du auf's Lycée?« Gerade noch war ich so stolz darüber, wie viel ich verstand, als die Frage mich völlig verunsicherte. Ich wollte ihm ja nicht sagen, dass ich momentan auf der Suche nach einer Putzstelle bin. Ich hatte das Gefühl, rot anzulaufen und deutete auf die Uhr. »Äh... time to go.« Er lächelte. »Komm doch mal wieder vorbei. Und melde dich, wenn du Nachhilfe in Englisch brauchst.« Ich stürzte nach draußen und atmete schwer. Ich schämte mich. Für mein Aussehen, meine Herkunft, mein Leben. Ich sah mich um. Rund um die Promenade herum wurde gebaut, modernisiert und aufgeräumt. Riesige Palmen wurden an gekarrt und in gleichen Abständen eingepflanzt. Die Stadt veränderte sich. Es wurde darüber nachgedacht, eine Straßenbahn zu bauen.

Was, wenn sich die Stadt, nicht aber die Menschen, weiterentwickelten?

Ich lief schnurstracks zurück in den Plattenladen. Der Junge guckte zunächst verdutzt, lächelte dann aber. »Wie viel kostet Nachhilfe?« »Das ist gratis«, antwortete Cedric und schaute verlegen auf das Plattenregal. »Ich kenne hier kaum jemanden, ich bin froh mit jungen Leuten ins Gespräch zu kommen. Wie wäre es, wenn wir voneinander profitieren? Mir würden ein paar Brocken Marokkanisch nicht schaden.« Ich stand völlig erstarrt neben mir. »Abgemacht?« Er streckte mir seine Hand entgegen. »Ok«, hörte ich mich sagen und gab ihm ebenfalls die Hand. »Hier, ich geb dir meine Nummer. Ich habe immer zwischen 13 und 15 Uhr Pause. Komm doch vorbei, wenn du kannst oder ruf an«, sagte Cedric. Ich nickte. »Ana Aicha«, sagte ich erleichtert. »Freut mich. Bis dann, Aicha.« Ich war stolz. Es fühlte sich gut an, über den eigenen Schatten zu springen und Cedric war wirklich sehr freundlich.

Was machte ich jetzt nur mit dem angefangenen Tag? Nach Hause konnte ich noch nicht und Samira hatte keine Zeit. Ich beschloss, im Park auf die Dunkelheit und hoffentlich den Anruf von Leila zu warten. Kinder spielten mit dem herabgefallenen Laub und scheuchten dabei die wilden Hunde auf. Ich ließ mich mit einer französischen Zeitschrift auf einer Bank nieder und entspannte etwas. Die Sonne glitzerte dem Abend entgegen und es fröstelte mich ein wenig. Ich dachte an Saloua. Mit ihr war ich früher öfters hier gewesen. Sie hat nicht wie die anderen Mütter oder Kindermädchen einfach nur so auf der Bank gesessen und zugeguckt. Sondern sie hat richtig mit mir gespielt. Sie hat sich etwas einfallen lassen. Einmal waren wir mitten in einer Safari, es gab große wilde Tiere um uns herum. Wir mussten leise sein und durften uns nur auf allen Vieren bewegen. Manchmal half sie mir auch dabei, auf einen Baum zu klettern, was ich bei Mutter niemals durfte.

Tja, ich war kein Kind mehr. Saloua war fort. Ich musste nun für mich selbst sorgen und mir selbst Halt geben. Mein Handy klingelte. Leila!

Sie teilte mir mit, dass sie noch nicht alle Bewerbungen ausgewertet habe, ich aber mit sehr großer Wahrscheinlichkeit den Job hätte. Ich jauchzte vor Freude. Wenn sie bis morgen Mittag nichts mehr von sich hören lassen würde, dann könnte ich vorbeikommen, meine Arbeitskleidung abholen und den Vertrag unterschreiben. Es würde auch eine kleine Einweisung geben.

Ich stand vor der Haustür und zögerte. Ich wollte meine Familie nicht anlügen, aber was blieb mir anderes übrig. Ich atmete tief durch und klingelte. Mutter stand freudestrahlend vor mir, öffnete die Tür weit auf und ließ mich an der Schwelle stehen. Ich ging den Flur entlang und hörte ausgelassenes Gekicher. Lamia war zurück!

»Und dann haben sie kurzerhand beschlossen, früher zurückzufahren«, erzählte sie Mutter und meiner kleinen Schwester. »Hallo Lamia«, begrüßte ich sie. »Salam, Aicha.« »Hilf deiner Schwester beim Auspacken«, sagte meine Mutter. »Aber wasch dir erst die Hände, die sind ja ganz schmutzig.« Beschämt verschränkte ich die Arme vor der Brust.

Lamia hatte aussortierte Kleidung von Frau Benaissi bekommen und führte diese nun vor. Meine kleine Schwester saß da wie ein Geier, in der Hoffnung, etwas abzustauben. Dadurch wurde ich zum Glück an diesem Abend nicht zum Thema. Mir hingegen wurde gar nichts angeboten. Beim Anblick der Reste des Abendessens spürte ich plötzlich, wie hungrig ich war. »Iss, Kind.« Vater hatte mich wohl beobachtet. Er saß in dem alten ausgeleierten Sessel. Ich hatte ihn nicht bemerkt. Er sah müde aus. Ich kratzte die Reste zusammen auf einen Teller und setzte mich damit vor Vater auf den Boden.

Ich konnte kaum Luft holen, so war ich damit beschäftigt, den Teller zu leeren.

»Kommst du zurecht, Kind?« »Ja, Vater.« »Deine Schwestern und du hier zusammen, das geht nicht lange gut, Aicha.« Er sah mich eindringlich an. »Ja, Vater, das weiß ich.« »Es wäre für uns alle besser, wenn...«, sprach Vater weiter und blickte beschämt zu Boden. »Es ist nur für ein paar Wochen, bis ich...«, versuchte ich zu erklären, als Lamia sich einmischte. »Bis du was?« Lamia stand in einem lilafarbenen Hauch von Nichts in der Küche und sah mich beschwörend an.

»Ich bin gerade dabei, mich nach etwas Neuem umzusehen. Und bis dahin müssen wir hier irgendwie zusammen zurecht kommen.« Ich wunderte mich selbst über meine bestimmten und gefassten Worte. »Tja, also wenn du außerhalb des Zimmers von Khadija und mir noch einen Schlafplatz findest, dann von mir aus.« Vater schielte zu mir herüber. »Die Ecke hier mit dem Sessel und einem Stuhl reicht vollkommen aus«, entgegnete ich.

»Gut Kinder, dann lasst uns nun schlafen gehen.« »Du hast Recht, Vater. Nach der anstrengenden Reise habe ich Schlaf dringend nötig«, entgegnete Lamia. Im dämmrigen Licht lag ich eingerollt in Vaters altem ausgeleierten Sessel und formte mit meinen Händen ein paar Schattenfiguren an die Wand. »Reiß dich zusammen, Aicha«, forderte mich eine innere Stimme auf. »Du musst das nur eine gewisse Zeit durchhalten.«

Inschallah..., dachte ich, bevor ich einschlief.

Am nächsten Morgen konnte ich mir von Mutter direkt Vorwürfe anhören, da noch kein Teewasser aufgesetzt und der Frühstückstisch noch nicht gedeckt war. Ich sei ja schließlich die Älteste von uns Dreien und hätte den lieben langen Tag nichts Besseres zu tun, als zu faulenzen. »Du kannst doch wenigstens mal...«, fing Mutter gerade wieder an. »Es reicht, Mutter. Hör auf!«, unterbrach ich sie mit fester Stimme. Daraufhin sagte sie kein Wort mehr, sondern starrte mich nur mit völlig entsetztem Blick an. Mein Herz raste, ich setzte mich beschämt zurück auf einen Stuhl und zog das Nachthemd über die Knie. Überrascht und schockiert zugleich von mir selbst, erhob ich mich blitzschnell wieder und machte mich daran, den Tisch zu decken. Ich wollte gerade die Eier aufschlagen, als Mutter mich zur Seite schubste und »Lass das!« zischte. »Aber ich, nun lass mich dir doch helfen...«, sagte ich und bemerkte, wie mir die Tränen in die Augen stiegen. »Aicha, geh einfach und bring unser Leben nicht weiter durcheinander.«

Die anderen schliefen noch, während ich meine Sachen in eine Tasche stopfte.

Ohne mich von Mutter zu verabschieden, ging ich hinaus und ließ meinen Gefühlen freien Lauf. Ich heulte vor Wut, Schmerz und Traurigkeit. Ich lief hinunter zum Meer und atmete die frische Luft tief ein. Die hohen Wellen platschten gegen die Felsen. Es fröstelte mich. Ich schlang die Arme um mich und drückte die Hände in meine Rippen. Ich hielt mich fest. An mir selbst.

Ich rief Samira an. Sie ging nicht ans Telefon. Es war erst 08:30 Uhr, aber ihr Mann müsste schon auf dem Weg zur Arbeit sein. Er arbeitete in Kenitra in einer Holzfabrik. Also machte ich mich auf den Weg zu ihrer Wohnung. Beim zweiten Klingeln öffnete sie ein Fenster und fragte, wer da sei. Ich sah durch den kleinen Spalt nur einen Teil ihres Kopftuches. »Ich bins, Aicha. Ich weiß nicht, wo ich sonst hin soll.« Ich schluchzte. »Eigentlich passt es ja gar nicht. Los, komm schnell, bevor die Leute noch etwas mitbekommen und sich wieder das Maul zerreißen.« Ich hörte, wie sie die Treppe herunterkam. Das Kopftuch hatte sie bis ins Gesicht gezogen. »Bist du etwa krank, Samira? Soll ich dir etwas aus der Apotheke holen?«, fragte ich besorgt.

Sie drehte sich ohne zu antworten um und lief nach oben. Wahed lag in der Tragetasche und schlief. »Samira, was ist los? Irgendetwas stimmt doch nicht.«, hakte ich weiter nach. In diesem Moment drehte sie sich zu mir um und ich sah in ihr geschwollenes Gesicht mit blauem, rot unterlaufenem rechten Auge. »Um Himmels willen!«, rief ich und hielt mir die Hand vor den Mund. Ich stand regungslos da und starrte sie an. Als ich wieder einen klaren Gedanken fassen konnte, ging ich auf sie zu und wollte sie in den Arm nehmen. Doch sie wich zurück. »Aicha, du kannst nicht hier bleiben. Es tut mir leid.« »Samira, du kannst erst recht nicht hier bleiben!« Auf die Frage, wie es zu diesen Verletzungen gekommen war, verzichtete ich. »Denke doch einmal an Wahed. Wie lange geht das denn schon?« »Ich weiß nicht genau. Es ist auch schon ein paar Mal vor Waheds Geburt passiert. Er will sich bessern, Aicha. Er schuftet hart, um uns ein schönes Leben zu bieten.« Sie klang völlig verzweifelt. »Aber Samira...«

»Bitte, Aicha, lass es gut sein. Ich muss jetzt das Abendessen vorbereiten. Die Bohnen und das Fleisch einlegen. Komm mit mir in die Küche und erzähl mir, was dich so früh schon auf die Straße treibt.«

In diesem Moment dachte ich an Rokia und daran, wie es ihr mittlerweile wohl gehen würde...

Nachdem ich Samira alles berichtet hatte, tranken wir einen Tee zusammen. Sie tätschelte meine Hand. »Das Leben hat eben seine Schattenseiten«, sagte sie traurig. Wir saßen noch eine Weile so da.

Verletzt. Stillschweigend. Verzweifelt.

Ich durfte bis zum Mittag bleiben. Ich machte mich noch etwas im Haushalt nützlich und besorgte ein paar Lebensmittel. So wollte Samira keinesfalls aus dem Haus gehen. Sie mied sogar den Blick in den Spiegel. Jeden kleinen Versuch, den ich unternahm, um mit ihr über dieses Thema zu sprechen, blockte sie ab.

Leider war es hierzulande Gang und Gäbe, dass die Ehemänner ihre Frauen als Eigentum sahen und mit ihnen machen konnten, was sie wollten. Noch ein Grund mehr für mich, nicht zu heiraten.

Nach dem Essen legten wir uns etwas hin. Ich schlief tief und fest. Ich hatte einen schönen Traum. Ich reiste im Zug durch das Land. An jeder Station, an der wir hielten, stiegen neue Menschen ein und kamen an meinem Abteil vorbei. Sie winkten freundlich. Manche von ihnen setzten sich auch zu mir und wünschten mir ein »Salam-al-laikum.« Ich küsste die Kinder auf die Stirn. Ich hatte nur eine Fahrkarte. Keine Rückfahrkarte. Die Landschaften rauschten an mir vorbei. Überall sah ich lachende, glückliche Menschen. Die Frauen schienen frei und unbekümmert. Ich sah offene Haare, kaum Kopftücher. Die Ziegen und Esel hatten genügend Gras zu fressen. Sie mussten nicht in Mülllandschaften nach etwas Essbarem suchen. Das Klingeln meines Handys ließ mich in die Realität zurückkehren. Es war Leila. Und ich hatte den Job.

»Hamdulliah, hamdullilah. Schoukran, Leila. Ich mache mich sofort auf den Weg.« Ich drückte Samira lange zum Abschied. »Bitte ruf mich an, wenn du Hilfe brauchst, Samira. Lass nicht zu, dass er dich so behandelt.« »Pass auf Dich auf, Aicha«, sagte sie ohne darauf einzugehen. Obwohl mir die Situation, in der sich Samira befand, sehr zusetzte, machte ich mich freudig auf den Weg zur Agentur. Leila hatte bereits alles vorbereitet. Ich unterschrieb den Vertrag und bekam einen grünen Kittel, auf dem auf Brusthöhe in pink die Buchstaben »AvS – À votre Service« aufgedruckt waren. Die Putzutensilien würde ich in dem Autohaus vorfinden. Zunächst waren drei Abende in der Woche sowie ein Vormittag am Wochenende für mich geplant. 150 Dirham[67] sollte ich insgesamt dafür bekommen. Bei

---

67 entspricht etwas weniger als 15 Euro

den Cabrels hatte ich 100 Dirham pro Tag bekommen. Auf dem Rückweg fiel mir ein, dass ich durch die Freude über den Vertrag ganz vergessen hatte, wo ich heute Nacht, geschweige denn die folgenden Nächte, schlafen sollte. Dieser Job bot einem diese Möglichkeit ja leider nicht. Ein ungutes Gefühl machte sich in meiner Magengegend breit. Zu Hause konnte ich keinesfalls wieder ankommen und das war auch das Letzte, was ich wollte. Ich ging in Gedanken alle Möglichkeiten durch. Als Freundin hatte ich nur Samira. Sie kam leider nicht in Frage. Ich fühlte, wie sich mir der Hals zuschnürte. Völlige Leere und Verzweiflung nahmen mir die Luft zu atmen.

»Hi Aicha, how are you?« Wie aus dem Nichts stand Cedric vor mir. Er faselte etwas von einem Geist und ob ich einem begegnet wäre. Es dauerte eine Weile, bis ich kapierte, was er meinte. Mir war zwar gerade überhaupt nicht danach zu Mute, aber ich musste trotzdem lachen. Er erklärte, dass er gerade in Agdal war, um die Miete für sein Zimmer zu bezahlen. Ich begleitete ihn zurück zu dem Plattenladen, in dem er arbeitete. Ich hatte noch etwas Zeit bis zu meinem ersten Arbeitsabend. So begannen wir also mit der ersten Englischstunde.

Cedric war wirklich schwer in Ordnung und nach der ersten halben Stunde hatte ich bereits alle

Hemmungen abgelegt und plapperte eifrig darauf los. Das war eine Mischung aus Marokkanisch, Französisch und Englisch. Die Brocken Englisch, die Cedric verstand, verbesserte er. So war ich wenigstens abgelenkt. Zwischendurch bediente er Kunden und machte uns Tee. Ich dachte an den Abend und die Nacht. Ich hielt das Teeglas fest umklammert. Cedric fragte mich, was denn nun eigentlich los sei. Er meinte, dass ich ganz merkwürdig ausgesehen habe, als er mich vorhin auf der Straße getroffen hatte. Ich erzählte ihm den ganzen Schlamassel mit Händen und Füßen. Was ich nun vorhabe, wollte er wissen. Ich zuckte mit den Schultern und blickte hinaus in die Dämmerung. »I have go now. To work«, sagte ich unsicher. Er ging in den hinteren Bereich des Ladens und winkte mich herüber. »Come, Aicha. I want to show you something.« Ich war gespannt.

Er zeigte mir einen kleinen Raum, in dem ein paar Decken und Kissen lagen. Eigentlich war das eine Art Lager. »You can sleep here, if you want.« Zum Schlafen würde es tatsächlich ausreichen. Hm. Ich vertraute ihm irgendwie. Und ich wäre ja auch alleine. Er hatte ja sein Zimmer. Er gab mir einen Zweitschlüssel. »Take care and see you tomorrow.« Er deutete auf seine Armbanduhr. Jetzt wurde es aber wirklich Zeit. »I have hurry!«, stammelte ich.

Dann schüttelte ich Cedric noch schnell die Hand und bedankte mich. Auch wenn ich noch nicht so recht wusste, was ich davon halten sollte...

Ich erwischte gerade noch den Bus. Auf der Fahrt richtete ich mich etwas her. Ich kämmte mein Haar steckte es etwas hoch, trug etwas Henna auf Lippen und Wangen und hielt Ausschau nach der richtigen Haltestelle, an der ich aussteigen sollte.

Das Autohaus lag an der vielbefahrenen großen Straße »Hassan II«. Gemeinsam mit einer anderen Frau betrat ich den Vorraum des Verkaufsraums. Dort warteten bereits zwei weitere etwas ältere Frauen. Der Geschäftsführer begrüßte uns und zeigte uns ein Zimmer, wo wir uns umkleiden konnten. Er war sympathisch und geduldig. Nachdem alle fertig waren, zeigte er uns die verschiedenen Räume und erklärte uns, was wir in welchem Raum wie reinigen sollten. Während er den Raum mit den Putzmitteln aufschloss, standen wir, vier Frauen, nebeneinander vor dem großen Schaufenster. Wir spiegelten uns darin. Lustig sahen wir aus mit den grünen Kitteln. Eine der Frauen übernahm die Aufgabe, uns für die Räume einzuteilen. Ich begann mit dem vorderen Verkaufsraum.

Draußen prasselte der Regen gegen die großen Scheiben. Hier drinnen war es zum Glück warm.

Ich hatte mich schnell mit dem modernen riesigen Staubsauger angefreundet. Die anderen Frauen redeten nicht viel. Jede arbeitete so vor sich hin. Der Geschäftsführer wartete so lange bis wir fertig waren und inspizierte anschließend die Räumlichkeiten. Er bedankte sich und schien zufrieden. Als ich mich auf den Weg Richtung Bushaltestelle machte, regnete es noch immer. Es fröstelte mich und ich legte einen Schritt zu. Ich sprang in die Linie 8, ohne zu wissen, wohin sie eigentlich genau fuhr. Nur raus aus dem Nassen. In Agdal angekommen, stieg ich aus. Hier musste ich umsteigen. Ich lief an ein paar Pâtisserien vorbei und sah leckere Paninis in der Auslage. Mir lief das Wasser im Mund zusammen. Ich hielt mir hungrig die Hand vor den Bauch. Der Verkäufer winkte mich einladend herüber. »Heute Abend gibt's die zum halben Preis. Wir schließen gleich«, sagte er und zwinkerte mir zu. Ich hatte eine Vorauszahlung von 50 Dirham bekommen. 20 Dirham sollte das Panini kosten. Ich zögerte. Der Verkäufer schaute ungeduldig auf die Uhr. Dann hätte ich fast die Hälfte meiner Vorauszahlung schon ausgegeben. Für ein Panini. Dafür könnte ich zehn marokkanische Fladen kaufen. Ach, was soll's. Ich konnte einfach nicht widerstehen. Ich wählte eines mit indischem Belag (Pute, Ananas und Weißkohl). Mon dieu! Es war himmlisch!

Es war schon spät. Fast 23 Uhr. Um diese Zeit sollte man als Frau nicht mehr alleine auf der Straße sein. Schon gar nicht in Agdal. Ich ging zur Haltestelle und wartete auf die Linie 5. Zwei Männer starrten mich an und ließen ein paar anzügliche Kommentare ab. Mir war unbehaglich. Endlich kam mein Bus. Er fuhr in Richtung Salé. Ich lehnte meinen Kopf gegen die Scheibe und sah hinaus. Im Dunkeln sah alles anders aus. Mir war nun richtig kalt und ich merkte, dass mein Hals weh tat. Hoffentlich hatte Cedric genügend Decken da. Gerade am Meer ist es um einiges kühler und feuchter als in der Stadt. Am Flussufer stieg ich aus. Komische Gestalten kreuzten meinen Weg. Wilde Katzen sprangen aus den Mülltonnen. Ich kramte in meiner Tasche nach dem Schlüssel, konnte ihn aber nicht sofort finden. Es war mir unheimlich. Mein Herz pochte. Vor dem Laden war keine Laterne. Es knisterte in einer Ecke. Ich öffnete rasch die Tür und schloss zweimal hinter mir ab. »Hamdullilah«, entfuhr es mir erleichtert.

Ich fand sofort den Lichtschalter. Der Laden wirkte ruhig und sauber. Ich suchte in einem kleinen Schränkchen neben dem Bett nach Decken und stieß dabei auf ein geknicktes Foto.

Darauf waren ein junger Mann mit einem Hut und eine junge Frau in einem bunten Sommerkleid zu sehen. Glücklich sahen sie aus. Das verschmitzte Grinsen kannte ich doch. Cedric! Auf dem Foto sah er noch etwas jünger aus. Ich legte es wieder zurück und setzte mich aufs Bett. Ich schickte Cedric noch eine SMS, bevor ich ein langes Gebet begann...

»Thank you for be here. Nice girl of picture. I sleep now. Good night.«

»He! Aufwachen du, Neugierige.« Ich brauchte erst eine Weile, um zu erkennen, wo ich war. »Es ist schon 9 Uhr. Ich mache den Laden gleich auf. Kaffee?«

»Gerne.« Wir saßen auf kleinen Schemeln und tranken frischen Kaffee. Cedric hatte sogar Haschas[68] vom Bäcker mitgebracht. Er erzählte mir von seiner Familie und seiner großen Liebe Susan. Nach der Trennung sei er geflüchtet. Es sei ihm ganz egal gewesen, wohin. Er wollte raus. Raus aus dem Land. Es hatte ihn hierher verschlagen. Kontakt habe er nicht mehr zu ihr, aber sie sei immer noch hier. Er deutete auf sein Herz.

»Ich kenne keine Liebe. Zu einem Mann meine ich. Ich liebe Allah und Saloua. Sie ist wie eine Mutter für mich.«

---

68 Griesbrötchen

Und während ich Cedric in einer Mischung aus Darija, Französisch und Englisch mein bisheriges Leben erzählte, wurde mir klar, dass ich mich nur selbst glücklich machen konnte. Ich wollte unabhängig sein. Unabhängig von meiner Familie und von irgendwelchen Mesdames.

Die Arbeit im Autohaus brachte mir mehr Spaß als ich zunächst dachte. Mit den Frauen verstand ich mich gut. Naila hatte immer etwas Lustiges zu erzählen. Sie hatte 5 Kinder zu Hause. Trotz der Arbeit genoss sie es, weg von zu Hause zu sein. Sie hatten nur ein Schlafzimmer zu Hause und die Kinder ließen ihr keinen Platz im Bett. Ihr Mann schlafe immer im Salon marocain. Dort hatte er seine Ruhe. Sie verbrachte jede Minute mit den Kindern. Am Wochenende gingen sie oft zusammen an den Strand von Rabat. Dort hatten die Kinder Platz zum Spielen und Naila konnte sich etwas erholen. Samstags vormittags hatten wir mit einer Frau zusammen Putzdienst, die uns sehr merkwürdig vorkam. Sie hatte blond gefärbte Haare und immer ganz bunt lackierte Fingernägel. Nicht so wie wir mit Henna gefärbt, sondern mit echtem Nagellack. Eines Tages fragte sie uns beim Umziehen, ob wir Interesse an einem noch viel lukrativeren Job hätten. Naila und ich schauten uns verdutzt an. »Du weißt, dass ich die einzige bin, die das Geld nach Hause bringt.« erklärte Naila und schaute die Frau interessiert an.

»Also es gibt da eine Wohnung mit mehreren Zimmern, wo wir uns jeden Freitag und Samstag treffen. Dort machen wir uns fertig. Anziehen, Schminken, einfach sexy aussehen. Wir nennen sie: »Le feu rouge[69]«. Die Chefin heißt Miriem. Sie schickt uns abwechselnd an die Kreuzung an der Avenue de la France, um dort Männer anzuhalten und mit in die Wohnung zu nehmen.« Naila schaute zwischen der Frau und mir entsetzt hin und her. »Heißt das etwa...?« Naila mochte es gar nicht aussprechen. »Sie gehen auf den Strich«, beendete ich Nailas Frage.

»So könnte man es nennen«, sagte die Frau und verzog keine Miene. »Pro Stunde gibt es 200 Dirham. Es ist sicher. Es gibt Kondome! Wir können immer Frauen gebrauchen. Hier, ich gebe euch Miriems Nummer.« Sie kritzelte eine Telefonnummer auf einen kleinen Zettel und legte ihn auf die Bank im Umkleideraum. Der Frauenkreis löste sich auf. Einige tuschelten noch untereinander.

Was ich davon halten würde, fragte mich Naila beim Hinausgehen. »Mon dieu! Naila! Du denkst doch nicht ernsthaft darüber nach!« »Schlimmer

---

[69] Das rote Feuer.

als mein Mann können die anderen Männer nicht sein. Und dort werde ich wenigstens dafür bezahlt.« »Das tut mir leid, Naila. Aber bitte tu das nicht«, entgegnete ich. Aber Naila war mit ihren Gedanken schon ganz woanders...

Die Probezeit ging langsam dem Ende entgegen und so wie es aussah, sollten alle 12 Frauen aus meinen Schichten übernommen werden. Dennoch stellte ich fest, dass es immer weniger wurden. Andere Frauen kamen dazu. Kurz darauf bekam ich eine SMS von Naila: »Es tut mir leid, Aicha. Aber es ist gar nicht so schlimm. Hamza kann nun aufs Lycée gehen. Vielleicht versuchst du es auch einmal. Bise[70], Naila.«

Ich war wirklich schockiert. Wie viele da wohl arbeiteten. Mir wurde schlecht beim Gedanken daran. Ich musste mit irgendjemandem darüber reden und ging zu Cedric in den Laden. In letzter Zeit hatten wir uns immer verpasst. Ich nutzte die Gelegenheit, um ihm mal wieder zu sagen, wie sehr ich ihm für alles dankbar war.

»Allah möge ihnen verzeihen. Dann gehe ich doch lieber Putzen«, sagte ich, nachdem ich Cedric die Geschichte erzählt hatte.

---

70 Küsschen

Cedric grinste. Auf meine Frage, was daran so lustig sei, mussten wir beide loslachen. Cedric erklärte mir, dass ich ziemlich verklemmt sei, aber dass ich dafür ja nichts könne. Schließlich sei ich Muslimin. Er hatte Recht. In die Welt, aus der er kam, konnte ich mich nur schwer hineinversetzen. Wie auch. Ich bin als Rabatiya[71] zur Welt gekommen und werde hier vermutlich auch sterben.

Mit der Zeit wurde mein Englisch immer besser. Cedric lobte mich und sagte, ich lerne schnell. Er war für mich wie ein Bruder, den ich mir immer anstelle meiner beiden unausstehlichen Schwestern gewünscht hatte.

Eine Woche später, ich war gerade auf dem Rückweg vom Autohaus, klingelte mein Handy. »Samira« leuchtete im Display auf. Müde ging ich ran und hörte nur ein Schluchzen. Samira konnte kaum sprechen. Sie wollte sich mit mir treffen. Ich sagte ihr, dass ich auf dem Weg zum CD-Laden sei und wir uns dort treffen könnten. Sie stimmte zu und legte auf.

Ich machte mir große Sorgen. Sie klang überhaupt nicht gut. Und wenn es ihr in der Vergangenheit schlecht gegangen war, dann hatte sie es über-

---

[71] Einwohnerin Rabats

spielt. Aber diesmal musste etwas ganz Schreckliches passiert sein.

Als ich in die Gasse des Ladens einbog, sah ich schon von weitem ein kleines zusammengekauertes Bündel vor dem Haus sitzen. Samira hatte Wahed in eine Decke eingewickelt. Er schlief.

Ich setzte sofort Teewasser auf und gab ihr warme Socken. Sie legte Wahed auf meine Liege und streichelte ihm über die Wange. Als sie in den hellen Verkaufsraum zurückkam, traute ich meinen Augen nicht. Ihre Augen waren dick angeschwollen und blutunterlaufen. Ihre Djellaba war zerrissen und blutverschmiert. Sie konnte sich kaum auf den Beinen halten. Schnell nahm ich sie in die Arme, bevor ihre Beine wegklappten und sie zusammenbrach. Sie weinte lange, bevor sie etwas sagen konnte. »Du hast das einzig richtige getan und bist abgehauen, Samira.«

»Aber Wahed und wenn er uns sucht... Ich weiß nicht, was er dann tut.«

»Wir finden eine Lösung. Hier seid ihr erst mal in Sicherheit.« Ich küsste ihre Stirn und versorgte ihre Wunden so gut es ging. »Er kam von der Arbeit nach Hause und hat mich gegen die Wand gedrückt. Wahed war gerade eingeschlafen. Er hat nur geschrien und alles durch die Gegend geworfen. Dann hat er mich als Hure bezeichnet und auf mich eingetreten. Wahed hat geweint. Ich konnte nicht zu ihm. Immer wenn ich aufstehen wollte, hat er mich wieder runter gedrückt und weiter geprü...« Samira rang nach Luft. Ich drückte sie fest an mich. »Du musst nie wieder zu ihm zurück. Verstanden?« »Wir werden ein besseres Leben für euch finden.« Samira schlief schnell ein. Ich wollte ihr noch Schmerzmittel aus der Apotheke besorgen gehen, aber sie bestand darauf, dass ich dablieb. Sie wollte nicht alleine bleiben. Der Schock und die Angst saßen tief.

Kapitel 8: Das Frauenhaus

Ich betete lange für Samira und den kleinen Wahed und fand dann lange keinen Schlaf. Ich saß im Vorraum und grübelte. Samiras Eltern waren schon früh gestorben. Sie hatte noch eine große Schwester. Allerdings lebte sie in Fès. Ich würde sie davon überzeugen, Kontakt mit ihr aufzunehmen. Dass sie erst mal hier bleiben könnten, auch wenn es sehr eng war, das würde ich schon mit Cedric klären.

Ich fing ihn am nächsten Morgen vor der Tür ab. Er war zunächst sehr verdutzt, doch nachdem ich ihm die ganze Geschichte erzählt hatte und wie lange das schon so ging, zeigte er sich zum Glück verständnisvoll. »Ich wusste, du hast ein großes Herz.« Vor Freude fiel ich ihm um den Hals. »Schon gut, Aicha. Ich habe eventuell auch schon eine Idee.«

Samira und Wahed schliefen noch immer. Ich hörte wie Cedric mit einer Frau auf Englisch telefonierte.

Als Samira aufwachte, hatte ich bereits Croissants und Milchkaffee vom Bäcker um die Ecke geholt. Sie sah schrecklich aus. Ihr Gesicht und vor allem die Augen waren noch völlig zu gequollen. Ich hielt ihr in der einen Hand den Kaffee und in der anderen Hand eine Schmerztablette hin. »Danke, Aicha. Ich danke dir wirklich von ganzem Herzen.« Sie küsste meine rechte Hand. Es klopfte und kurz darauf bat Cedric mich nach vorne in den Verkaufsraum zu kommen. Samira nahm einen Schluck Kaffee und rieb vorsichtig ihre Augen. Dabei zuckte ihr ganzer Körper zusammen.

»Aicha, ich habe gute Nachrichten für dich und deine Freundin.« Erwartungsvoll blickte ich Cedric an. »Ich habe soeben mit einer Bekannten, Sue, telefoniert. Sie arbeitet seit einem Jahr ehrenamtlich in einem Frauenhaus in Rabat-Marbella. Dieses Haus wurde vor anderthalb Jahren durch Unterstützung der Vereinten Nationen von einer marokkanischen Frauenkooperative gegründet und lebt seitdem von Spenden internationaler Organisationen.« Ich schaute ihn verständnislos an.

»Sie haben leider nur begrenzte Aufnahmemöglichkeiten, aber derzeit ist ein Platz frei. Wir können Samira erst mal dorthin in Sicherheit bringen.« »Und Wahed?«, hakte ich nach. »Wahed natürlich auch. Es gibt dort auch eine Frau, die sich vormittags nur um die Kinder kümmert.« »Und was geschieht dort mit den Frauen?«, wollte ich wissen. »Nun, sie werden dort zunächst einmal aufgefangen und aufgepäppelt. Die meisten Frauen, die dort

ankommen, haben bereits einen langen Leidensweg hinter sich und manche haben auch schon diverse Selbstmordversuche unternommen. Es kommen dreimal in der Woche zwei Psychologinnen in die Einrichtung. Die Frauen versorgen sich ansonsten selbst. Sue sagte, wir könnten sofort kommen.«
»Ich weiß nicht, was ich sagen soll Cedric.« Tränen stiegen mir in die Augen.

Er legte die Hand auf meine Schulter und sagte nur: »Das ist doch selbstverständlich.«

Als wir Samira davon erzählten, war sie zunächst skeptisch, ließ sich jedoch dazu überreden, sich das Frauenhaus zunächst einmal anzuschauen. Wir fuhren mit dem »petit Taxi« in den äußeren Stadtteil von Rabat nach Marbella. Samira war schon mal erleichtert, dass es ein ganzes Stück weg von ihrer Wohnung und ihrem Ehemann lag. Wahed schmiegte sich an seine Mutter und schloss die Augen. Die Leiterin, Amina, empfing uns sehr freundlich. Sie brachte uns Tee und süßes Gebäck. Dann gab sie Samira einen Stapel frische Kleidung sowie ein Handtuch zum Baden.

Sie erklärte Samira, dass sie sich für nichts schämen müsse und dass sie hier in Sicherheit sei. Ich hielt die ganze Zeit über Samiras Hand und drückte sie immer dann fester, wenn sie erneut weinte.

Wir verabschiedeten uns von Cedric, da er als Mann nicht in die Räume der Frauen durfte. Sue führte uns im Anschluss herum. Es gab einen Schlafraum sowie ein Spielzimmer für die Kinder, eine Küche mit marokkanischer Sitzgruppe und einen Behandlungsraum. Die Wohnung war etwas heruntergekommen, aber es gab zwei Heizkörper und einen modernen Kühlschrank. Samira blickte sich verstört um. »Es sieht schlimmer aus, als es ist«, sagte Sue liebevoll und streichelte Samiras Hand. Die Frauen bereiteten gerade das Mittagessen zu, als wir hereinkamen. Sie stellten sich einander vor und nahmen Samira in den Arm. Wahed hörte die anderen Kinder im Nebenraum singen. Sue beugte sich zu ihm hinunter und fragte ihn, ob er zum Spielen mit rüber käme. Er blickte seine Mutter an. Samira lächelte und nickte zustimmend an.

Sue nahm ihn auf den Arm und sie verließen die Küche. Ein leiser Seufzer wich Samira über die Lippen. Der Muezzin rief zum Gebet und ich wusste, dass es für mich Zeit war, zu gehen.

»Samira, ich muss leider los. In einer Stunde fängt meine Schicht an.« »Aber natürlich, Aicha. Salam-al-laikum.« Sie küsste meine Stirn und flüsterte mir eine Dankesfloskel aus dem Koran ins Ohr.

»Sind die anderen Frauen immer noch nicht vom Markt zurück?«, fragte Sue in die Runde. Die Frauen schüttelten den Kopf. »Komm Samira, ich zeige dir noch dein Bett, du kannst dich etwas einrichten und dann gibt es hoffentlich bald Essen.« Ich winkte zum Abschied und machte mich schnell auf den Weg.

Während ich wenig später den Verkaufsraum im Autohaus saugte, dachte ich eigentlich nur an Samira und die anderen armen Frauen, die dort auf engem Raum zusammenlebten. Geschlagen und geflüchtet, vor ihren eigenen Ehemännern. Wieder eine Bestätigung mehr, dass eine Ehe für mich nicht in Frage kam.

Kurz vor Ende der Schicht sah ich den Wagen des stellvertretenden Geschäftsführers, Monsieur Valette, auf den Hof fahren. Er war ein kleiner, etwas untersetzter, aber sehr sympathischer Mann. Ganz anders als die marokkanischen Männer. Er trug stets einen schwarzen Anzug, dessen Hose immer ein Stück zu lang auf den Schuhen überlappte. »Bonsoir, mes dames.« »Bonsoir, Monsieur Valette«, antworteten wir im Chor. Ich wollte mich gerade umziehen, als Monsieur Valette mich für ein Gespräch in sein Büro bat. »Wie geht es Ihnen, Aicha? Wie gefällt Ihnen die Arbeit hier? Sind Sie zufrieden?«, erkundigte er sich. Ich wusste gar nicht, wie ich mich verhalten sollte, beziehungsweise weshalb Monsieur Valette das interessierte. »Ja, danke, Monsieur. Alles ist bestens«, entgegnete ich. Er nickte freundlich. »Nun, es ist so Aicha. Meine Frau und ich, wir werden dauerhaft nach Marokko umziehen und wir suchen daher eine Bonne für den Haushalt und die Kinder. Ich habe mit der Agentur gesprochen. Sie haben mir ausdrücklich Sie empfohlen, Aicha.«

Leila!, dachte ich und lächelte.

»Daher wollte ich Sie fragen, ob Sie sich vorstellen könnten, die ganze Woche bei uns zu arbeiten und zu wohnen. Selbstverständlich werde ich den Lohn gegenüber dieser Arbeit hier etwas anheben, damit es für Sie auch lukrativ ist.« Erwartungsvoll blickte er mich an. »Sie können natürlich auch erst einmal in Ruhe darüber nachdenken, bevor Sie sich entscheiden.« »Nein, Monsieur«, fiel ich ihm ins Wort. »Das ist nicht nötig.« Sein Gesicht erhellte sich. »Sehr gerne möchte ich bei Ihnen und Ihrer Familie arbeiten.« »Schön, Aicha.« Er klatschte vor Freude in die Hände. »Meine Frau und die beiden Mädchen kommen nächste Woche Dienstag aus dem Urlaub in Südfrankreich zurück. Danach ist unmittelbar der Umzug von Paris nach Rabat geplant. Ich habe ein Haus in Les Orangers gefunden.«

Darüber war ich ganz besonders froh. Ich hätte nicht so gerne nach Hay Riad zurück gewollt. In der Stadt fühlte ich mich wohler. »Dann bis Dienstag?!« Monsieur stand auf und blickte mich fragend an. »Ja, Monsieur. Und Danke.« »Hier ist die Adresse »7 Rue Oqbah«.« Er hielt mir einen Zettel hin. »Danke, ich werde da sein.«

Dann ging ich in die Umkleidekabine und strahlte offenbar so sehr, dass mich die anderen Frauen anstarrten. Eine fragte mich, ob alles ok sei. »Ja klar«, entgegnete ich nur und freute mich noch mehr. Ich sagte ansonsten kein Wort. Was die Frauen wohl dachten, als ich nicht mehr kam...

Am nächsten Morgen machte ich mich schon um 8 Uhr auf zum Frauenhaus.

Samira spielte im Flur mit Wahed und fiel mir direkt in die Arme, als ich hereinkam. Sie sah schon viel besser aus. Ihr Haar war frisch gewaschen und sie hatte etwas Schlaf nachgeholt. Die Augen waren fast abgeschwollen. Ich flachste mit Wahed herum. Er zog mich an der Hand. Er wollte mir anscheinend unbedingt etwas zeigen. Ich nahm ihn auf den Arm und wir gingen ins Kinderzimmer. Er deutete auf den großen Teddybären in der Ecke. Ich ließ ihn runter und sah eine Frau im Stuhl sitzen, die gerade ihr Baby stillte. Die Frau blickte kurz auf. Ich zuckte zusammen. Unsere Blicke trafen sich.

Es war Rokia.

»Mince Alors«, entfuhr es mir. Ich stand wie gefesselt da. »Rrrrrokia, was machst du denn hier?«, stammelte ich. »Tja...« Sie deutete mit ihrem Blick auf das Baby. »Und du?«, fragte sie ebenso verdutzt. »Ich besuche meine alte Freundin Samira. Wir haben sie gestern vor ihrem Ehemann in Sicherheit gebracht. Das hier ist Wahed, ihr Sohn.« Wahed winkte schüchtern. »Ach ja, ich habe sie gestern kennengelernt. Eine arme Frau ist das.« »Du bist eine Mama, Rokia?« fragte ich lächelnd. »Das hat mir einer der Söhne der Akramis hinterlassen«, sagte sie verbittert. »Ich konnte mir zunächst nicht vorstellen, das Kind zu bekommen, da es aus Gewalt und Schmerz stammt, aber als ich die kleine Dunya zum ersten Mal gespürt habe, wusste ich, dass ich sie liebe.« Rokia schaute die Kleine bewundernd an. »Nachdem Madame Akrami mitbekam, dass ich schwanger war, setzte sie mich auf die Straße. Durch Zufall erfuhr ich von dem Frauenhaus.« »Al hamdullilah«, sagten wir zeitgleich. Rokia löste die kleine Dunya von der Brust und ich küsste ihre kleine Stirn. »Sie ist wunderschön, Rokia.« Ich gab Rokia ebenfalls einen Kuss auf die

Stirn. »Es ist so schön, dich wiederzusehen, Aicha.« Ich tätschelte ihre Hand.

»Kannst du kurz auf Wahed aufpassen? Ich gehe zur Psychologin rein.« Samira stand fragend in der Tür. »Ja, sicher. Geh nur.«

Rokia legte die Kleine zum Schlafen in eine Tragetasche und setzte sich dann zu uns. »Das habe ich alles von Madame Amina bekommen.« Sie deutete auf die Babysachen. »Die sind hier alle so nett. Ich habe großes Glück gehabt.« »Du hast es verdient. Nach alldem, was du durchgemacht hast«, sagte ich und das wusste sie ganz genau.

»Weißt du Aicha, ich bin seit 4 Wochen hier und ich habe nun schon so viele Frauen getroffen, die Ähnliches erlebt haben wie ich. Einige Frauen, die als Bonne in marokkanischen Familien arbeiten, haben sexuelle Übergriffe der Söhne mehrfach erlebt. Ich bin auch nicht die einzige, die schwanger geworden ist. Eine Frau hat das Kind heimlich wegmachen lassen und ist danach fast an einer Blutvergiftung gestorben. Der Sohn der Familie wollte sie trotzdem nicht zufrieden lassen. Das Frauenhaus war ihre letzte Rettung. Madame Amina sagt, dass sie die Fälle anonym öffentlich machen will. Es sei wohl weit verbreitet, dass Männer ihre ersten sexuellen Erfahrungen mit den Bonnes machen. Oftmals gegen deren Willen und ohne jegliche Verhütung. Madame Amina hat uns dahingehend wirklich die Augen geöffnet. Du weißt ja selber, wie es ist, wenn man als Bonne arbeitet. Man funktioniert eigentlich nur. Man führt die Aufträge der Mesdames und deren Familien aus.«

Ich schnappte nach Luft. Rokias Erzählungen entsetzten mich sehr. »Wie kann so etwas nur passieren? Und niemand unternimmt etwas dagegen?« »Madame Amina sagt, die Gesetze würden eine Bestrafung bei einer Anzeige nicht zulassen. Die Männer könnten einer Anklage wegen Vergewaltigung aus dem Weg gehen, in dem sie die schwangere Frau heiraten. Noch dazu kommt, dass man die Polizisten alle kaufen kann. »Bakschisch[72]«. Du weißt schon. Du kennst den Status der Familie Akrami in Rabat, Aicha. Niemand wäre auf meiner Seite gewesen. Menschen wie wir sind einfach nichts wert. Ohne Geld und ohne Status.«

»Oh Rokia, das alles tut mir so leid. Wärst du nur eher zu mir gekommen. Bestimmt hätten wir eine Lösung gefunden.« »Ach Aicha, ich habe jeden Tag zu Allah gebetet und ich denke, es hätte auch noch schlimmer kommen können. Und sieh sie dir an.« Sie deutete auf Dunya.

---

72 umgangssprachlicher Ausdruck für Bestechungsgeld

»Sie sieht aus wie du, Rokia. Ich wünsche euch alles Glück der Welt.« Wir umarmten einander.

»Aicha, kann ich mit dir sprechen?« Samira stand plötzlich neben uns.

Wir gingen in den Flur hinaus. Wahed blieb bei dem Teddybären. »Die Psyocholgin sagt, ich solle meinen Mann anrufen und ihm ruhig sagen, wo wir sind. Er solle auch ruhig wissen, dass wir nicht mehr zu ihm zurückkommen. Ich solle auf jeden Fall versuchen, ihn davon zu überzeugen, weiterhin zumindest für Waheds Unterhalt aufzukommen. Was meinst du, Aicha? Mir ist nicht ganz wohl dabei. Aber leben müssen wir ja von irgendetwas.« »Hier bist du in Sicherheit. Schlaf erst einmal darüber und entscheide dann.« »Ok, Aicha. Ich ruhe mich dann mal etwas aus.« »Äääähm, Samira. Ich muss dir noch etwas erzählen.« »Ja, Aicha?«

Ich blickte in Samiras müde Augen und sagte: »Ach, nicht so wichtig, hat Zeit bis morgen. Dann besuche ich dich wieder, ok?«

»Safi. Bislämma.«

Cedric ließ sich den ganzen Tag nicht im Laden blicken, also beschloss ich, ihn anzurufen.

»Hallo Cedric, ich bin es, Aicha. Ich wollte dir sagen, dass das, was du für uns getan hast...« Ich schluckte eine Träne herunter und fuhr fort: »Samira und ich, wir sind dir jedenfalls sehr dankbar. Du hast sie gerettet. Allah beschütze dich.« Cedric war ganz still. »Was ist los mit dir, Cedric?« »Ich werde zurückgehen Aicha. Nach England. Mein Vater ist gestorben.« Seine Stimme klang ganz anders. »Oh nein, Cedric. Das tut mir leid. Können wir uns treffen?« »Ich bin im »Parc d'essai«.« »Gib mir 10 Minuten, Cedric.« »Bis gleich«, sagte er leise.

Cedric saß in sich zusammengesunken auf einer Bank und zupfte an einem Blatt. Ich setze mich neben ihn und legte meine Hand auf seine linke Schulter. Er blickte mich mit müden und traurigen Augen an. »Wir haben uns nie besonders gut verstanden und bei meiner Abreise hatte er mir hinterhergerufen, dass ich nicht mehr wiederzukommen bräuchte. Er war sehr verbittert und gemein...« »...aber er war dein Vater«, beendete ich Cedrics Satz.

Wir saßen eine Weile schweigend da. Ich dachte über die letzten Monate nach. Ich hatte Cedric wirklich viel zu verdanken. »Du wirst mir fehlen«, sagte ich traurig. Cedric stand auf und drückte mich an sich. »Ich liebe dieses Land und die Leute. Ich bin deswegen sehr traurig, Aicha. Aber meine Familie braucht mich jetzt.« »Hier ist immer ein Platz für dich«, sagte ich. »Wann geht dein Flug?«

»Übermorgen schon.« Cedric setzte sich wieder hin und rieb sich das Gesicht. »Dann haben wir noch einen Tag Zeit, um dir eine andere Bleibe zu suchen, Aicha.« »Das ist nicht nötig«, sagte ich lächelnd.

»Ich habe eine neue Familie gefunden.«

Kapitel 9: Französisch und doch fremd – meine große Liebe Paula

Pünktlich um 9 Uhr klingelte ich bei meiner neuen Familie. Madame Valette hatte braune lange Haare, die sie als Pferdeschwanz zusammengebunden trug. Ihre weibliche Figur gefiel mir. Sie war nicht kräftig, aber hatte an den entsprechenden Stellen weibliche Proportionen.

Sie begrüßte mich mit Küsschen rechts, Küsschen links. »Ana almania«, sagte sie auf Arabisch. Sie war also Deutsche. Bisher hatte ich noch niemanden aus Deutschland kennengelernt. Mein Vater hat immer von den tollen deutschen Fußballspielern erzählt. Einmal hatte er mir Tricks mit dem Ball gezeigt, woraufhin Mutter gleich wieder geschimpft hatte. Ich sei schließlich ein Mädchen. Das sei nur etwas für Jungen. »Ach Mutter, warum musst du das Leben immer nur so kompliziert sehen?«, hatte ich entgegnet. Ich verdrehte automatisch die Augen beim Gedanken daran.

Das Haus war noch ziemlich leer. »Der Umzug kommt erst nächste Woche«, sagte sie in akzentfreiem Französisch und war mir sofort sympathisch. Madame Valette zeigte mir stolz die neue und sehr moderne Küche. So etwas hatte ich bisher nur im Fernsehen gesehen. Es gab eine lange breite Arbeitsplatte. In der Mitte stand ein eckiger Küchenblock mit tropfenartigen Leuchten darüber. Rund herum waren viele verschiedene Schubkästen und Schränke vorhanden. Madame deutete auf den Herd und den Kühlschrank mit automatischem Eiswürfelzubereiter. Ich öffnete den Herd und war ziemlich beeindruckt. »Mince alors«, entfuhr es mir. »Da traue ich mich ja gar nicht heran«, sagte ich verlegen. »Das sieht nur so kompliziert aus«, sagte Madame lächelnd. Sie führte mich im ganzen Haus herum. Im Schlafzimmer hingen ein paar schicke Kleider an Kleiderbügeln. Die haben wir im Auto mitgebracht. Morgen Abend ist der erste Empfang des spanischen Zweigstellenleiters. »Wir brauchen dich erst mal hauptsächlich abends, Aicha.« »À votre service, Madame«, entgegnete ich. »Dein Französisch ist phänomenal«, sagte sie und ich wurde rot. »Ich hatte Unterricht, wissen Sie. Die japanische Familie, für die ich vorher gearbeitet hatte, die waren sehr nett und großzügig zu mir.«

Ich wollte nach unten gehen, um mich umzuziehen, als Madame mich aufhielt. »Dein Zimmer ist hier, Aicha.« »Im zweiten Stock?«, fragte ich ungläubig. »Neben den Mädchen. Ja.« In allen Zimmern standen, bis der Umzug kam, Klappbetten, auch in meinem. »Nächste Woche wirst du dann auch ein richtiges Bett haben.« Ich traute meinen Ohren nicht. Wie biiiitte? »Vielen Dank, Madame.« Verlegen schaute ich auf den Boden. Sie lächelte mich an. Ich küsste ihre Hand und bedankte mich erneut.

Plötzlich hörte ich ein Baby weinen. »Paula ist aufgewacht.« Madame eilte ins Schlafzimmer. »Komm ruhig her, Aicha. Dann könnt ihr euch gleich kennenlernen.«

Als ich ins Zimmer trat und in zwei wunderschöne braune Kulleraugen blickte, war ich sofort verliebt. Paula war acht Monate alt und ganz schön propper. Die dicken Pausbäckchen machten sie noch süßer. Sie brabbelte etwas vor sich hin und Madame versuchte krampfhaft die Windel zu wechseln. Ich schnappte mir ein Plüschtier und spielte Paula etwas vor. Sie schaute und hörte gebannt zu. »Das machst du aber gut, Aicha«, lobte Madame und drückte mir die Kleine auf den Arm. »Ich glaube, mit dir haben wir einen Glücksgriff getan«, sagte sie zufrieden. Paula kniff mir in die Wangen und gluckste. »Unten im Wohnzimmer liegen ein paar Spielsachen. Ich fahre schnell mal zum Hanoud und hole Annabel auf dem Rückweg vom Kindergarten ab. Danach kannst du dann bitte das

Abendessen vorbereiten.« »Alles ok, Madame. Seien Sie unbesorgt.«

Paula war ein echtes Wunder. Sie war ein aufgewecktes und neugieriges Baby. Sie konnte schon fast krabbeln. Bevor sie etwas in den Mund steckte, sah sie sich zunächst um, ob sie jemand beobachtete. Dann lächelte sie und kaute eifrig darauf herum. Ich hatte sie vom ersten Moment an ins Herz geschlossen. Umso gespannter war ich auf das andere Mädchen.

Kurze Zeit später hörte ich, wie Madame in die Auffahrt fuhr und dann mit jemandem schimpfte. Mit Paula auf dem Arm trat ich nach draußen. »Es reicht Annabel! Komm jetzt aus dem Auto raus!«

Auf dem Rücksitz sah ich einen kleinen Lockenkopf mit verschränkten Armen sitzen.

Madame ging mit den Einkäufen an mir vorbei und verdrehte die Augen. Ich ging hinter ihr her. »Hier, Madame. Ich sage der jungen Dame mal guten Tag.« Ich übergab ihr Paula und ging zurück zum Auto.

Es dauerte gerade mal geschätzte zwei Minuten bis wir zu zweit in der Küche standen und Annabel den Kühlschrankinhalt inspizierte. Wie ich das geschafft hatte, fragte mich Madame leise. »Das ist ein großes Geheimnis«, sagte ich verlegen. Wir lachten beide.

Annabel war ein sehr schwieriges Kind, erklärte mir Madame später. Schon vom ersten Moment an. Sie falle auch immer wieder im Umgang mit anderen Kindern auf. Durch ihr unfaires und egoistisches Verhalten. Sie war drei, fast vier Jahre alt und ziemlich eifersüchtig auf ihre kleine Schwester. »Ich bin mit zwei Schwestern aufgewachsen. Ich weiß, wie sich das anfühlt.« »Weißt du, Aicha. Ich gebe mir die größte Mühe beide gleich zu behandeln.« »Man kann es nie allen recht machen, Madame. Sie wird daran wachsen.« Madame presste die Lippen aufeinander und versuchte, zu lächeln.

Am Abend spielten die beiden zusammen, wie ein Herz und eine Seele und als Paula von Monsieur Valette ins Bett gebracht wurde, durfte Annabel noch einmal mit »Maman« extra kuscheln. Das machte sie sichtlich zufrieden. Ich war dabei, die Küche sauber zu machen, als Madame zu Annabel sagte, dass es nun auch für sie Zeit wäre, zu Bett zu gehen. Annabel kam daraufhin zu mir gelaufen, umarmte meine Beine und schmiegte sich an mich. Das berührte mich sehr.

Ich hatte endlich einen Platz gefunden, an dem ich mich wohlfühlte und wo auch die Menschen um mich herum glücklich waren. Monsieur Valette ging so toll mit den Kindern um. Das hätte ich wirklich nicht erwartet. In unserer Kultur kümmert sich die Frau um den Haushalt und die Kinder. Als ich am Badezimmer vorbeiging, saß Annabel auf einem Hocker und Monsieur Valette machte ihr Zahncreme auf die Zahnbürste. Dabei erzählte er ihr von dem Sternenhimmel in der Wüste im Süden Marokkos. Annabels Augen leuchteten. Sie erzählte ihm von den Sternbildern aus ihrem Sternbuch und dass sie das gerne einmal in Echt sehen würde. »Vielleicht schaffen wir es dieses Jahr noch, dorthin zu fahren, Annabel. Wenn es nicht mehr so heiß ist und ich mir ein paar Tage freinehmen kann.« »Kommst du auch mit, Aicha?« Annabel hatte mich also bemerkt. »Pardon, Monsieur«, sagte ich zerknirscht. »Wenn wir fahren, dann fahren wir alle«, entgegnete er. »Waren Sie schon einmal in der Wüste, Aicha?« »Nein, Monsieur. Bei den Berbern war ich noch nie. Das ist für mich wie das andere Ende der Welt.« »Prima!«, rief Annabel. »Dann wird es für uns alle umso spannender. Komm mit Aicha, ich zeig dir den großen Wagen.« Monsieur nickte zustimmend und lächelte dabei. Annabel erzählte und erzählte. Sie lag dabei zugedeckt auf ihrem Bettchen und malte Sternbilder in die Luft. »Wie ist es in der Wüste, Aicha?«

»Es gibt dort riesige Sanddünen. Man reitet auf Dromedaren in den Sonnenuntergang. Ein Dromedar folgt dem anderen. Zwischen zwei kleineren Dünen schlägt man sein Lager auf. Gekocht wird auf offenem Feuer. Es wird getrommelt und gesungen. Es ist so ruhig an diesem Ort. Man könnte eine Stecknadel auf den Boden fallen hören. Aber das Beste, das Allerschönste, ist der einzigartige und atemberaubende Sternenhimmel.«

Ich dachte an Saloua und an die Geschichten, die sie mir immer erzählt hatte. Als Kind hatte ich mir sehr oft vorgestellt, wie Saloua und ich auf einem Dromedar im Dunkeln durch die Wüste reiten. Ich hatte keine Angst, denn sie war da.

»Es ist nun wirklich Zeit, zu schlafen, Annabel.« Madame stand in der Tür und knipste das große Licht aus. »Und das ist der kleine Bär.« Annabel malte ein Rechteck mit einer Verlängerung mit dem Finger an die Wand. »Meziääään[73]. Bonne nuit, Habiba[74]«, sagte ich schließlich. Annabel gab mir ein Küsschen und ich tätschelte ihre Hand. »Gute Nacht, Aicha. Gute Nacht, Maman.« »Gute Nacht, mein Engel.«

Madame brachte Annabel morgens meistens zum Kindergarten. Manchmal, wenn Monsieur

---
73 schön
74 Gute Nacht, Liebes.

noch nicht allzu früh aus dem Haus musste, schlief er länger, so dass ich mich um Paula kümmerte. Ich stand um 6 Uhr auf, betete, bereitete das Frühstück vor und stand dann pünktlich um 7 Uhr beim Hanoud, um frisches Brot zu kaufen. Der Brotduft, der in der Luft lag, wenn der Bäcker die frischen Brotfladen aus dem Kofferraum seines kleinen Autos lud, erinnerte mich an zu Hause und an Saloua. Viel zu lange hatte ich nun nichts mehr von ihr gehört. Meiner geliebten Saloua.

Ich hatte ihr soviel zu erzählen. Also beschloss ich, sie anzurufen. Es klingelte lange, bevor sie abnahm. Ihre Stimme klang rau und schwach. »Aicha? Al-laikum-assalam, Kleines. Schön, dich zu hören, endlich meldest du dich. Wie geht's dir?« »Gut. Sehr gut sogar. Saloua, du klingst so...?« Ich fand nicht auf Anhieb die richtigen Worte. »Tja, Kindchen, es geht mir auch nicht so gut.« »Waaas? Was ist denn? Sorgt dein Mann nicht richtig für dich? Hast du genug zu essen? Was hast du?« »Nein, das ist es nicht, Liebes. Ibrahim ist nach wie vor ein fürsorglicher und treuer Ehemann. Er behandelt mich mit Respekt und schenkt mir viel Liebe.« Saloua rang nach Luft. »Das ist schön. Das hast du auch verdient. Aber was...?« Sie ließ mich nicht ausreden. »Ich bin krank. Sehr krank, Aicha.« Ich war so geschockt, dass ich mich an der Arbeitsplatte in der Küche festhielt. Langsam ließ ich mich auf den blauen Hocker unter dem Fenster niedersinken. »Was sagt der Arzt? Gibt es dort überhaupt einen guten? Kannst du nicht nach Rabat...?« »Es ist Krebs. Lungenkrebs.« Die Worte trafen mich mitten ins Herz. Mir wurde auf einmal speiübel. »Es kann jeden Tag mit mir zu Ende gehen. Allah sei mit mir gnädig.«

Ich schluchzte und weinte eine Weile, bis ich wieder sprechen konnte. »Das darf nicht sein, Saloua. Nicht du. Wie kann Allah das wollen?« »Allahs Wille müssen wir akzeptieren. Wir fragen nicht nach einem »Warum«.« »Wie geht es Ibrahim damit?« »Er weiß es nicht, Aicha. Er arbeitet zur Zeit viel. Ist ständig unterwegs. Es wissen nur Safia und du.« »Bitte komm nach Rabat, Saloua, bitte. Hier gibt es Spezialisten und...« »Ich habe mich entschieden«, unterbrach sie mich. »Ich werde Allahs Entscheidung akzeptieren und nicht Ibrahims Geld dafür ausgeben, was ohnehin nicht aufzuhalten ist. Es würde das Ganze nur verzögern.« »Saloua! Du kannst dich doch nicht einfach aufgeben.« »Ich habe mein Leben gelebt. Ibrahim hat mich am Ende zu einer ehrwürdigen Frau gemacht und obwohl ich keine Kinder hatte, hast du, liebe Aicha, mein Leben so sehr bereichert, dass ich mir oft vorgestellt habe, dass du meine Tochter bist.« Ich klammerte mich am Telefonhörer fest und weinte hemmungslos. Schluchzend sagte ich »Du warst und bist wie eine Mutter für mich. Ich liebe Dich, Saloua.«

Dann piepte das Telefon. »Mein Guthaben ist gleich aufgebraucht. Ich rufe dich wieder an. Ich...« Dann war das Gespräch unterbrochen.

Ich starrte gegen die Wand. Konnte kaum atmen. Mich nicht bewegen.

»Mama! Aicha weint!« Annabel stand in der Tür und zeigte mit dem Finger auf mich. Madame kam angelaufen und legte ihren Arm um meine Schultern. »Aicha, was ist los? Fehlt dir was?« Ich lies mich von Madame Valette auffangen und trösten. Annabel streichelte meine Hand. Ich weinte lange, bevor ich ihnen erzählen konnte, was passiert war.

Madame nickte zwischendurch immer verständnisvoll und strich mir die Haare aus der Stirn. Es schmerzte so sehr. Ich wollte das einfach nicht glauben.

»Willst du sie noch einmal besuchen, Aicha?« »Das würde ich sehr gerne Madame, aber wie soll das gehen?« »Wir werden einen Weg finden, liebe Aicha. Es ist sehr wichtig, dass man sich von seinen Geliebten verabschiedet. Als meine Oma gestorben ist, da habe ich es nicht mehr rechtzeitig ins Krankenhaus geschafft. Das beschäftigt mich immer noch. Mittlerweile schreibe ich ihr Briefe und sie sendet mir ab und an Zeichen.« Ich wusch mir das Gesicht mit kaltem Wasser und atmete tief durch. »Du musst so schnell wie möglich fahren, Aicha.« »Aber Ihr Umzug, die Empfänge, Madame. Ich kann sie doch jetzt nicht allein lassen.« »Das ist schon in Ordnung, Aicha. Du musst dich verabschieden, das ist wichtiger. Wer weiß, wie lange sie noch...«

Gerührt von der ungeheuren Güte von Madame, fiel ich auf die Knie und küsste ihre Hände. »Vielen Dank, Madame. Allah beschütze Sie und ihre Familie.«

Den Rest des Tages versuchte ich mich irgendwie abzulenken, um nicht ständig weinen zu müssen. Ich putzte jede kleine Fuge des Hauses, wischte die Türen und Türrahmen ab und ging für das Abendessen einkaufen. Monsieur sagte mir am Abend, wie leid es ihm täte und dass er die Meinung seiner Frau unterstütze und ich »meine Mutter« so schnell wie möglich besuchen solle. Am nächsten Morgen besorgte ich mir eine neue Prepaidkarte und versuchte den ganzen Vormittag vergeblich Saloua zu erreichen, bis Safia ans Telefon ging. Sie erklärte mir, dass es Saloua heute gar nicht gutgehen würde und sie viel husten müsste.

Sie kümmerte sich um sie. Saloua wollte sonst niemanden sehen. Keiner sollte sie so zu Gesicht bekommen.

Ich stockte kurz und beschloss, lieber nichts von meinem geplanten Besuch zu erzählen.

Zwei Tage später saß ich im Taxi und wir verließen Rabat Richtung Süden. Niemals zuvor hatte ich meinen Geburtsort verlassen. Ich war ein wenig aufgeregt. Ich saß hinten in der Mitte des grand Taxis[75]. Rechts neben mir saß eine weitere Frau mit einem roséfarbenen Hijab aus Seide. Sie hatte einen wunderschönen Teint und ein Gesicht wie gemalt. Ich legte meinen Kopf in den Nacken und fing an zu dösen. Ich träumte von einem wunderschönen langen Kaftan. Er war orange und mit silbernen Perlen und Rosen bestickt. Saloua half mir beim Anziehen dieses schweren und besonderen Schmuckstücks. Kurz darauf betrat ich einen großen hellen Raum. Viele Leute jubelten mir zu und wünschten mir alles Gute. Plötzlich dämmerte es mir. Ich war auf meiner eigenen Hochzeit.

Die laute Hupe des Taxis riss mich sofort aus meinem Traum heraus und führte mir mit einem Schlag die Realität vor Augen. Neben mir hatte ein ziemlich streng riechender Herr Platz genommen.

---

75 alter Mercedes, in dem hinten vier und vorne drei Leute Platz haben

Ich rückte etwas näher an die Frau heran, woraufhin diese leise kicherte. Wir verdrehten beide die Augen und lachten.

Ich sah aus dem Fenster und fragte mich, wo wir wohl gerade waren. Ich kannte mich ja sowieso nicht aus, daher verkniff ich mir die Frage. Etwa eine Stunde später hielten wir an. Toilettenpause.

Ich kaufte mir ein Stück Brot und eine Orangina. Es war ziemlich heiß. Kein Lüftchen weit und breit. Wir mussten schon ziemlich weit weg sein vom Meer. Die Luft war viel trockener.

»Fährst du noch weit?« Die Frau deutete auf das Taxi. »Ich weiß nicht. Ich muss nach Timahadite.« »Timahdite meinst du?« »Ja, genau. Ein kleines Dorf. Meine, ähm, eine gute Freundin von mir lebt dort.« »Dann haben wir denselben Weg. Ich besuche meine Cousine. Es sind ungefähr noch anderthalb Stunden von hier. Wir fahren bald an den Ausläufern des Atlasgebirges vorbei. Das ist eine sehr schöne Landschaft. Sie wird dir gefallen.« Sie lächelte mich an. »Ich bin Fatima.« »Aicha. Matscharfin[76].« Wir küssten uns auf die Wangen. »Und wen besuchst du genau, Aicha?« »Ich besuche Saloua. Sie lebt in Ibrahims Haus. Kennst du Ibrahim?« »Aber natürlich. Wer kennt ihn nicht. Außerdem ist

---

76 angenehm

seine Schwester meine Cousine.« »Ach ja?!« »Ihr drei müsst unbedingt mal zum Couscous essen vorbei kommen. Asma macht den besten Couscous im ganzen Tal.« »Das ist nett. Ich denke aber, so lange kann ich nicht bleiben.«

Offensichtlich wusste Fatima nichts von Salouas Krankheit. Ich hatte ja auch überhaupt keine Ahnung, wann Ibrahim zurückkehren würde. Und wieso er Saloua in diesem Zustand überhaupt allein ließ, war mir ohnehin ein Rätsel.

An einer Kreuzung hing ein kleines ausgeblichenes Straßenschild. Wir bogen rechts ab. »Straße der Hoffnung« stand dort geschrieben und darunter kaum lesbar »Timahdite«. Am Horizont sah man die weißen, mit Schnee bedeckten Spitzen des Jebel Toubkal[77] hervorblitzen. Wir fuhren an Dattelpalmenfeldern und kleinen Flussläufen vorbei. Hier gab es keinen Müll, der gedankenlos auf die Straße geworfen wurde, keine bösen Blicke und keine Schichtzugehörigkeit. Es war wie eine Reise durch ein Traumland und hätte es mir jemand so beschrieben, hätte ich es nicht geglaubt. Es war wunderschön.

Im nächsten Dorf tankte der Taxifahrer und der Mann neben mir stieg endlich aus. Ich wedelte mir

---

77 höchster Berg Nordafrikas (4164 m)

frische Luft zu und stieg für einen Moment aus. Es war heiß. »Puh!«, prustete ich. Fatima lachte. »Unser Dorf liegt im Schatten des Berges. Dort ist es kühler.«

»Inschallah«, antwortete ich.

Am späten Nachmittag kamen wir endlich an. Alle Knochen taten mir weh. Das Taxi hielt am Dorfbrunnen. Unzählige Kinder kamen angelaufen und winkten. Sie fragten nach Süßigkeiten. »Haut ab!«, schimpfte Fatima. »Es ist doch überall das Gleiche«, schnaufte sie. Ich blickte mich hilflos um. »Ibrahim wohnt am Ende der Straße links.« Fatima zeigte mit dem Finger auf das braune Lehmhaus neben einer riesigen Dattelpalme. »Richte bitte Grüße aus, Aicha. Wir sehen uns.« Fatima zog ihren Koffer in Richtung Moschee davon.

Die Tür war angelehnt. »Bismillah[78]«, flüsterte ich, bevor ich eintrat. Es roch nach Minztee. »Hallo?«, rief ich. Niemand antwortete mir. »Hallo?«, rief ich erneut. Es klapperte in der Küche. Ich klopfte an. Die Frau schreckte zusammen. »Hallo. Sie müssen Safia sein. Ich bin Aicha aus Rabat.« Safia wischte sich den Schweiß von der Stirn und begrüßte mich stürmisch. »Aber ja, Kindchen. Sa-

---

[78] im Namen Gottes

loua hat mir schon soooo viel von dir erzählt. Wieso hast du denn nicht Bescheid gesagt, dass du kommst? Ich hätte einen Kuchen für Dich gebacken.« »Ich... nun ja, es war eine spontane Entscheidung gewesen.« »Du musst ja völlig erledigt sein, nach der weiten Reise. Hier, setz dich in den Salon und ruhe dich etwas aus. Ich bringe dir Tee und F'-kass[79].« »Wo ist denn Saloua?«

Safia deutete mit dem Kopf auf das Nebenzimmer. »Sie schläft. Das tut sie fast nur noch. Die starken Schmerzmittel sind wohl Schuld daran.« Sie sah meinen entsetzten Blick und flüsterte dann leise: »Vielleicht wäre es besser gewesen, du wärst in Rabat geblieben und hättest sie so in Erinnerung behalten. Sie ist nicht mehr die, die du kennst, Aicha. Leider. Nichtmal Ibrahim kann sich in ihrer Nähe aufhalten.« »Wie bitte?« Ich war völlig schockiert. Ihr eigener Ehemann lässt sie in diesem Zustand im Stich. Einfach nicht zu glauben. Möge Allah ihm verzeihen. Mir schien es, als wäre ich genau im richtigen Moment gekommen! Ich war wütend und traurig zugleich. Ich nahm einen Schluck Tee und setzte mich an Salouas Bett. Sie lag auf der Seite, ihren Blick zur Wand gerichtet. Dort hing ein Bild des Königs beim Beten. Ihr Mund war weit geöffnet. Sie atmete laut. Unter dem Bettlaken, wel-

---

79 marokkanische Kekse

ches halb auf ihr lag, zeichnete sich ihr knöchriger Körper ab. Saloua hatte noch nie besonders viel auf den Rippen gehabt, aber nun war sie wirklich nur Haut und Knochen. Ihre Lippen waren ganz rissig und alles an ihr sah krank aus. Ich setzte mich neben sie und streichelte ihr sanft übers Haar. So wie sie es bei mir immer getan hatte, wenn ich nicht einschlafen konnte. Ich begann ein langes Gebet und war fast neben Saloua eingeschlafen, als es neben mir zuckte.

»Saloua?« Das Zucken wurde immer stärker. »Saloua!«, rief ich lauter. Ihr Körper bebte. Safia kam herein gestürmt, rührte etwas in ein Glas Wasser und versuchte, es Saloua vorsichtig einzuflößen. »Drück ihre Schultern runter, Aicha!« Ich konnte mich nicht bewegen, so sehr war ich schockiert. »Los! Mach schon!« Ich hielt Saloua vorsichtig bei den Schultern. Tränen liefen mir übers Gesicht. Ich unterdrückte ein Schluchzen. Das Glas war fast leer. Augenblicklich ließen die Zuckungen nach. Saloua drehte sich erschöpft auf den Rücken und blickte uns an. Ich nahm ihre rechte Hand in beide Hände und drückte sie an mich. Ihre Augen leuchteten und ich glaubte, sie wollten mir sagen, dass sie sich freute, mich zu sehen. Ich legte meinen Kopf auf ihren dünnen Oberarm und sagte leise »Alles wird wieder gut, Saloua. Ich bin bei dir. Du musst jetzt kämpfen. Eine Berberfrau gibt nicht so schnell auf. Nicht wahr, Saloua?«

Aber sie zeigte keinerlei Reaktion.

Kurz darauf spürte ich Safias Hand auf meiner Schulter. »Es ist jetzt soweit, Aicha.« Ich habe den Imam verständigt...

Ibrahim kehrte am Abend zurück. Ich stand an der Tür, um ihn in Empfang zu nehmen. Wir umarmten uns. Er wirkte gefasst. Er bat darum, alleine im kleinen Salon, wo sie aufgebahrt war, von ihr Abschied nehmen zu dürfen. »Sie ist ganz in Ruhe eingeschlafen, Monsieur Ibrahim. Ich war die ganze Zeit bei ihr.« »Schoukran, Aicha. Das hat ihr bestimmt viel bedeutet.« »Ich bin gerade noch rechtzeitig gekommen«, sagte ich schluchzend. »Es war Allahs Wunsch, dass sie auf dich wartet, Aicha. Sie ist nun von ihren schrecklichen Schmerzen befreit.« Ich nickte.

Im Laufe des nächsten Tages, als sich die traurige Nachricht herumgesprochen hatte, kamen viele Leute aus dem Dorf, um Gebäck, Couscous, Trockenfrüchte und vor allem Zucker für den Tee zu bringen. Ich konnte nicht mal ans Essen denken. Es klopfte erneut. »Fatima!«, rief ich. »Es tut mir so leid. Komm her, Aicha.« Sie schloss mich fest in die Arme und obwohl ich sie kaum kannte, hatte ich das Gefühl, dass ich bei ihr gut aufgehoben war. »Mesachär, Asma.« »Mesachnur, Sidi.« Ibrahim und seine Schwester umarmten einander. Die beiden waren zusammen mit einem Mann gekommen. »Ach ja, das ist Younis, mein Neffe, aus Salé. Er ist auch heute zu Besuch gekommen«, sagte Asma. »Asma wird doch morgen 50 Jahre alt«, flüsterte Fatima. »Guten Abend.« Younis trat unter die Lampe. Was für eine Erscheinung, dachte ich. Er kam auf mich zu. »Mein Beileid.« Er küsste meine Stirn. Dann ging er zu Ibrahim »Mein Beileid, Sidi.« Er küsste Ibrahim auf beide Wangen. »Wir müssen Allahs Wille akzeptieren«, sagte dieser leise.

Wir gingen in den großen Salon. Fatima zupfte mir ein paar Strähnen zurecht und legte mir ihren Seidenschal um die Schultern. »Hast du gesehen, wie Younis dich angesehen hat?«, flüsterte sie mir ins Ohr. »Ts!«, zischte ich und schüttelte ungläubig mit dem Kopf.

Der Imam fuhr mit der Zeremonie fort. Wir saßen bis zum Morgengrauen zusammen und beteten. Gegen 16 Uhr wurde Saloua schließlich beerdigt. Wir hatten ihr ihre beste Djellaba angezogen. Ich bürstete ihr Haar und steckte es zu einem Dutt zusammen. Wir saßen um den offenen Sarg herum und hielten uns an den Händen. Der Imam sang aus dem Koran und wir sprachen ihm nach. Ich fühlte mich halb bewusstlos. So sehr nahm mich das alles mit. Ein letztes Mal Abschied nehmen, von meiner geliebten Saloua...

Nachdem sich die Verwandten und Bekannten verabschiedet hatten, saß ich mit herangezogenen Knien vor Salouas Bett und rieb mir die müden brennenden Augen.

»Geh ins Hammam, Aicha und leg dich danach etwas hin! Du brauchst dringend Schlaf«, sagte Safia in fürsorglichem Befehlston. Ich hatte sie überhaupt nicht bemerkt. »Gute Idee. Ich kann noch keinen klaren Gedanken fassen«, entgegnete ich.

»Ich rufe Fatima an und frage sie, ob sie dich begleitet. Nicht, dass du mir noch umkippst.« »Ok. Danke, Safia.«

Das Hammam war in der Nähe von Asmas Haus. Ich holte Fatima dort ab. Younis war im Garten und schnitt einen Obstbaum. »Mesachär, Younis.« »Mesachnur, Aicha.« Younis strahlte mich an und winkte mir zu. »Wie geht's dir?«, fragte er als ich näher kam. »Es geht. Danke«, sagte ich und blickte zu Boden. »Was machst du da? Beschäftigt deine Tante für gewöhnlich nicht einen Gärtner?« Er lachte. »Der Mensch, der hier in diesem Garten sein Unwesen treibt, den kann man wohl nicht als solchen bezeichnen.« Ich verstand nicht und blickte ihn fragend an. »Ich bin Obst- und Gemüsebauer. Ich kenne mich mit so was aus«, erklärte Younis. »Dieser Feigenbaum ist zum Beispiel total falsch geschnitten. So können keine neuen Triebe nachkommen.« »Ach ja?«, fragte ich. »Und hier die Pflanzen müssen dringend in den Schatten umgesetzt werden.« Er deutete auf zwei Büsche. »Und wo hast du das alles gelernt, Younis?« »Mein Vater war Obst- und Gemüsehändler. Er hat die Ware frisch bei den Bauern auf den Feldern gekauft. Ich durfte immer mit und die schönsten Früchte aussuchen. Dabei hatte mich viel mehr interessiert, wo die ganzen Früchte wachsen und wie man sie erntet.« Ich schaute ihn verblüfft an und hörte gespannt zu. »Nach der Schule bin ich dann bei den Bauern in die Lehre gegangen und bestelle nun selbst Felder und Gärten. Ich bin sozusagen selbständig.« Er lächelte stolz, als er das sagte. »Du magst die Natur wohl sehr, was?«, fragte ich neugierig. »Ja, ich bin gerne draußen und arbeite.«

»Aicha, ich bin gleich unten. Ich kann meinen Handschuh nicht finden«, rief Fatima aus dem Fenster des ersten Stocks. »Komm doch mal vorbei, wenn du wieder in Rabat bist«, schlug Younis vor während ich wartete. »Ja, vielleicht«, antwortete ich verlegen. »Ich würde mich wirklich freuen«, fügte er hinzu, bevor er sich wieder dem Feigenbaum zuwandte. »Und hier.« Er drehte sich noch einmal um. »Die ist für dich, Aicha. Probier mal!« Er wischte eine Feige an seinem Hemd ab und gab sie mir. Mein Gesicht glühte plötzlich. Mir wurde ganz schwindlig. Vermutlich wurde ich rot wie eine Erdbeere. »Danke«, murmelte ich und biss hinein. »Hm. Wirklich lecker.«

Fatima stand plötzlich neben mir. »Alles ok? Können wir los?« Sie sah, wie ich Younis anstarrte und stupste mich von der Seite an. »Können wir dann los?«, wiederholte sie und blinzelte mich dabei an. »Ähm, ja natürlich. Ich warte schon die ganze Zeit hier auf dich«, erwiderte ich. »Das sehe ich«, entgegnete sie und grinste hämisch.

Die warme Luft des Hammams betäubte meine Sinne. Ich bezahlte die Hammamfrau für eine extra Massage und versuchte, meine Gedanken und Erlebnisse etwas zu sortieren.

Die Bilder in meinem Kopf kreisten dabei nur um eine Person: Saloua.

Am nächsten Tag wurde ich wach, als die Sonne schon weit am Himmel stand. »Mist«, dachte ich. Ich musste heute zurück nach Rabat. Familie Valette erwartete mich. Jetzt war es schon fast zu spät, um aufzubrechen. Safia brachte mir ein Glas frisch gepressten Orangensaft. »Wieso hast du mich nicht geweckt?« »Du musst erst mal wieder zu Kräften kommen, Kindchen.« »Aber ich muss doch...«, schluchzte ich. Ich warf meinen Kopf zurück ins Kissen und weinte. Safia reichte mir ein Taschentuch. »Du kannst doch morgen fahren. Zusammen mit Fatima und Younis«, schlug sie vor. Younis hat ein Auto und sie fahren bestimmt früh los. »Bleibt mir wohl nichts anderes übrig«, sagte ich leise, nachdem ich mir die Nase geputzt hatte. »Für heute hat Asma uns zum Couscousessen eingeladen. Du weißt, es ist ihr Geburtstag.« »Und du weißt, dass ich gerade den wichtigsten Menschen in meinem Leben verloren habe!«, entgegnete ich traurig und aufgebracht.

»Das Leben geht aber weiter, Aicha und du bist noch so jung.« Ich drehte mich zur Wand und weinte.

Kurze Zeit später kam Safia mit einem Päckchen in der Hand zurück. Darauf stand in Druckbuchstaben »Aicha«. Ich öffnete es kurzerhand. Es war von Saloua!

»Meine geliebte Aicha, wenn du dies liest, weile ich nicht mehr unter den Lebenden. Ich hätte niemals gedacht, dass ich den Tod einmal so herbeisehnen würde. Dies sind alles Dinge, die mir wichtig waren und die du nun bekommen sollst. Bitte passe gut auf sie und auf dich auf. Du bist alles, was ich je hatte. Ich werde dich immer lieben. Meine Tochter. Deine Saloua, Maman.«

Ich drückte den Brief lange an mich und weinte hemmungslos. Immer und immer wieder las ich ihre Zeilen und sah mir die wundervollen Dinge an, die sie mir hinterlassen hatte.

In dem Päckchen waren: Eine handbestickte blaue Djellaba mit zitronengelben Ornamenten, ein alter bronzefarbener Bilderrahmen mit einem Foto einer Frau, welche der Ähnlichkeit nach Salouas Mutter oder Schwester sein konnte. Eine silberne Halskette mit dem Anhänger der Hand der Fatima[80]. Ein braunes Halstuch. Der Koran in Miniaturausgabe und schwarze Seife. Ganz unten lag noch

---
80 Schutzsymbol im Islam

ein zusammengefaltetes Papier. Ich klappte es auseinander und es kam mir sofort bekannt vor. Das Bild hatte ich mit 8 oder 9 Jahren für Saloua gemalt. Wir waren mit der Schule im Zoo gewesen und ich hatte zum ersten Mal in meinem Leben Elefanten, Giraffen und Löwen gesehen. Das Bild war schon ganz abgegriffen und man konnte die Tiere nur noch mit viel Phantasie erkennen, aber es machte mich sehr stolz, dass Saloua es so lange aufbewahrt hatte.

Ibrahim stand plötzlich in der Tür. »Sie hatte mich gebeten, es für dich zu schreiben, Aicha.« Tränen schossen in seine Augen. »Sie war die Einzige für mich.« Ich stand auf und tröstete ihn bzw. trösteten wir uns gegenseitig. »Saloua sagte mir am Telefon, dass du nichts von ihrer Krankheit wusstest?« »Das stimmt. Sie hatte es mir nie erzählt, aber ich habe es gespürt. Bitte lass mich wissen, wenn es dir einmal an etwas fehlen sollte, Aicha.« Er küsste meine Stirn und schloss die Tür hinter sich.

»Ich komme mit zum Couscousessen zu Asma«, sagte ich zu Safia. »Schön, mein Kind. Das ist gut.« Safia hatte einen bunten Strauss Blumen besorgt und blickte mit leuchtenden Augen an mir herunter, als sie mich in Salouas Djellaba sah. »Mesjääään[81]«, rief sie. »Komm her. Ich mach dir noch etwas die Haare. Dann siehst du aus wie Lalla Aicha.«

Wir lachten.

Auf dem Weg zu Asma strömte uns schon der Duft von karamellisierten Zwiebeln entgegen. Sie freute sich sehr, uns zu empfangen. Es war sehr lange her, dass ich irgendwo eingeladen war. Eigentlich konnte ich mich an das letzte Mal überhaupt nicht mehr erinnern. Asma beschäftigte auch eine Bonne. Ein junges Mädchen aus dem Ort. »Wir haben heute zusammen gekocht«, sagte sie. »Sie muss erst noch lernen, wie man richtigen Couscous macht.« »Salam-al-laikum«, sagte eine mir bereits bekannte Stimme hinter mir. »Al-laikum-assalam, Younis«, entgegneten wir im Chor. Younis begrüßte mich als erste mit Wangenkuss und sagte leise: »Du siehst sehr hübsch aus.« Verlegen bedankte ich mich und wurde erneut rot. So etwas hatte ich zuvor noch nie erlebt. Mit soviel Nettigkeit konnte ich kaum umgehen. »Aicha!« Fatima eilte die Treppe herunter. »Toll siehst du aus! Wie eine Prinzessin.« Ich lachte. »Nein, wirklich. Du bist so schön.« »Danke, danke.«

---

[81] schön

»Kinder, lasst uns essen. Es ist angerichtet«, rief Asma alle zusammen. Im Salon waren schon fast alle um die riesige Schale mit Couscous versammelt. Alle, auch das Bonne Mädchen, aßen mit den Händen aus einer Schale. Es war köstlich. Younis saß mir gegenüber und zwinkerte mir zu. Wir aßen und aßen, bis uns schlecht wurde. Dieser Moment war so unglaublich schön, dass ich dachte, ich würde solch einen nicht noch einmal erleben...

Kapitel 10: Ein Winter wie in Berlin

Wir fuhren um 9 Uhr morgens los. Asma und Safia hatten uns noch mit Essen für die nächsten Tage eingedeckt. Fatima machte es sich auf der Rückbank bequem und ich durfte neben Younis sitzen.

Er war ein sicherer Autofahrer. Ich mochte seine Art, wie er erzählte. Er kannte sich sogar mit Musik aus. Er machte sich jede Menge Gedanken, um unser Land, sein Leben, seine Zukunft. Er erzählte, dass er stolz darauf sei, Marokkaner zu sein, stolz auf die Traditionen und seine Familie. Er lud mich mehrmals dazu ein, ihn in seinem Laden besuchen zu kommen. Er würde gerne einmal nach Amerika reisen. Bisher war er nur einmal in Spanien gewesen. Seine Tante lebe dort. Er habe schon viel gespart. Er träume von einer Familie und einem Haus auf dem Land. Ich hörte gespannt zu. Fatima schlief. Ich war erneut so beeindruckt von der Landschaft, dass ich mich nicht satt sehen konnte. Younis erzählte mir von den Tuaregs[82], die die Wüstenregionen um Marokko bewohnten. Und ich erzählte ihm Berbergeschichten, die mir Saloua einmal erzählt hatte. Wir verstanden uns gut und lach-

---
82 nomadisches Wüstenvolk

ten viel, so dass mir die Fahrt überhaupt nicht mehr so lange vorkam, wie auf der Hinfahrt. Am Hauptbahnhof von »Centre Ville«[83] verabschiedete ich mich von den beiden.

Zurück in Rabat gab es einen großen Aufruf. In den Supermärkten und an den Botschaften hingen Plakate aus. Internationale Organisationen sammelten Spenden für all diejenigen, die in dieser Jahreszeit in den Bergen ohne Heizung mit schlechter Isolierung auskommen mussten. Jeder, der Decken und warme Sachen übrig hatte, sollte diese in einer Schule abgeben. Es hieß, dieser Winter wäre der kälteste seit 30 Jahren. Die Menschen, die in einem warmen Haus lebten, hatten ja keine Ahnung, was Frieren wirklich bedeutete.

Madame Valette machte sich daran, ihren Kleiderschrank auszusortieren und auch Annabel wies sie an, warme Sachen zur Verfügung zu stellen, die sie nicht mehr anzog. »Wenn es in den Bergen so kalt ist, wie im Winter in Berlin, dann können wir nur hoffen, dass es genügend Spender gibt«, sagte Madame während sie den Kleidersack zuband.

---

83 Innenstadt von Rabat

Salouas Grab und den Ort Timahdite, in dem ich auf solch liebenswürdige Menschen gestoßen war, zu verlassen, ist mir alles andere als leicht gefallen. Doch die Realität holte mich schnell wieder ein.

Der Umzugscontainer war mittlerweile angekommen und es gab jede Menge zu tun. Der Keller, der innerhalb kürzester Zeit wieder ein gestaubt war, stand voller Kartons. In der Küche stapelte sich das Geschirr. »Es tut mir leid, Aicha, aber ich habe einfach keine Zeit gehabt«, sagte Madame und deutete dabei auf das Küchenchaos. Ich zog meinen Kittel über und begann mit der Arbeit. Annabel wich nicht mehr von meiner Seite. »Sie hat ständig gefragt, wann du endlich wieder kommst«, erzählte mir Monsieur am nächsten Morgen. Ich spielte noch eine Weile mit Annabel bevor Monsieur sie mit zum Kindergarten nahm. »Ich habe heute viele Termine, Aicha. Könntest du bitte gut auf Paula Acht geben? Im Kühlschrank ist noch etwas Karottenbrei für sie.« »Natürlich, Madame. À votre service. Seien Sie unbesorgt.«

Paula saß in ihrem Kinderstuhl und kaute an einem Stück Brötchen. Sie beobachtete uns die ganze Zeit und schnalzte dabei mit der Zunge. Sie war wirklich bildhübsch und freundlich. Ein echter Sonnenschein. »Hier ist die Einkaufsliste. Ich esse mittags unterwegs etwas. Für den Abend bringe ich

Seezunge mit. Bitte kauf noch etwas grünen Salat ein.«

»À votre service.« Sie gab Paula einen Kuss und ging. Paula blickte mich erwartungsvoll an. Ich versteckte mich hinter dem Brotkörbchen und guckte an der Seite wieder hervor. Sie lachte ausgelassen. »Miswina«, sagte ich und warf ihr einen Handkuss zu. Sie lachte laut und versuchte, es nachzumachen. Sanft streichelte ich über ihren Kopf.

Am Abend schimpfte Madame mal wieder über den Salat. Ich presste meine Lippen aufeinander, als ich den Tisch abräumte. »Entschuldige Aicha, du kannst ja nichts dafür. Man bekommt die Sachen einfach nicht frisch genug.« Monsieur seufzte leise. Ich überlegte kurz und sagte dann: »Madame, ich habe jemanden kennengelernt. Er heißt Younis und er baut Gemüse an. Er lebt für sein Obst und Gemüse. Dort bekommen Sie sicher frischen Salat.« »So? Gute Idee, Aicha. Wo ist denn sein Laden?« »In Salé«, antwortete ich. »In Salé?«, fragte sie ungläubig. »Ich soll zum Salat kaufen extra nach Salé fahren?« Ich schaute zerknirscht zu Boden. »Keine Sorge«, sagte Madame dann. »Ich schaue ihn mir auf jeden Fall mal an. Zeigst du mir den Weg?« »Natürlich«, sagte ich schnell und lächelte. Ich hatte aber noch gar keine Ahnung, wo genau Younis sein

Geschäft hatte und meine Orientierung war auch nicht die Beste.

»Aicha, bringst du bitte Paula ins Bett? Mein Mann hat noch zu tun und Annabel besteht darauf, dass ich sie ins Bett bringe.« »Avec plaisir[84], Madame«, entgegnete ich. Es war mir wirklich eine Freude. Ich nahm die Kleine aus ihrem Stühlchen und wir gingen nach oben ins Badezimmer. Ich ließ warmes Wasser in die kleine Badewanne und pustete Paula den Badeschaum zu. Sie lachte vergnügt und kniff mich in die Wange. Sie liebte das Wasser und plötzlich fiel mir ein, was Saloua immer mit mir gemacht hatte, wenn sie mich badete. Ich setzte Paula an den Wannenrand, zählte bis drei und ließ sie ins Wasser plumpsen. Sie lachte laut und plantschte noch mehr.

Ich schluckte eine Träne runter. Saloua. Sie fehlte mir. Ich dachte daran, wie es wäre, wenn ich einmal Kinder hätte. Ich wünschte es mir. Leider würden sie Saloua niemals kennenlernen.

Paula kuschelte sich, nachdem ich sie angezogen hatte, an mich. Ich erzählte ihr noch eine Geschichte von einem kleinen Mädchen, welches neben dem Prinzessinnenpalast lebte.

---
84 aber gern

Tag ein, Tag aus träumte das Mädchen davon, auch als Prinzessin hinter den Palastmauern zu leben. Sie stellte sich vor, wie es wäre, jeden Morgen in einem großen Bett aufzuwachen, hübsche Kleider zum Anziehen zu bekommen, von edlem Geschirr zu essen, im schönen Palastgarten zu spielen und ein ganzes Zimmer voller Spielsachen zu besitzen. Und wenn die Prinzessin mit ihren Eltern durch das Land fuhr, dann jubelten und winkten ihr alle zu. Das musste so schön sein, dachte das kleine Mädchen. Zumindest bis zu dem Tag, als sie die Prinzessin weinen hörte. Das Mädchen spielte draußen mit kleinen Steinen, die es selbst gesammelt hatte. Die Prinzessin saß auf einer Bank im Palastgarten und schluchzte. »Was hast du denn?«, rief das Mädchen. »Ich bin traurig«, antwortete die Prinzessin. »Aber das kann doch nicht sein«, entgegnete das Mädchen und fuhr fort: »Du bist doch die Prinzessin. Du kannst alles haben, was du dir wünschst.« »Hast du eine Ahnung. Ich wünsche mir Freunde, Eltern, die für mich Zeit haben und Freiheit.« Das kleine Mädchen traute seinen Ohren nicht. »Weißt du, Prinzessin, ich bin immer neidisch auf dich gewesen, aber nun, nun tut es mir wirklich leid für dich.« Die Prinzessin antwortete nicht.

»Möchtest du meine Freundin sein?«, fragte das Mädchen. Die Prinzessin stand auf und lief zu dem Mädchen an den Zaun. »Ja, sehr gerne«, freute sich die Prinzessin und wischte sich die Tränen aus dem Gesicht.

Ab diesem Tag winkten sich die Mädchen immer einander zu und jede wusste für sich, wie gut es ihr ging.

Paula schlummerte bereits tief und fest, als ich sie ins Bettchen legte. Ich strich ihr noch einmal übers Haar und knipste das Licht aus.

Am nächsten Morgen wählte ich Younis' Nummer.

»Younis? Hier ist Aicha.« »Aicha?« »Ja Aicha... aus Rabat!?« Für einen kurzen Moment blieb mir die Stimme weg. »Aber natürlich. Hallo, Aicha. Ich hatte schon viel früher auf deinen Anruf gehofft«, sagte er. Ich atmete tief durch. Mir wurde heiß. »Wir, beziehungsweise Madame Valette würden gerne bei dir Salat und Gemüse einkaufen. Kannst du mir bitte den Weg beschreiben?« »Natürlich. Ihr seid herzlich willkommen!« Nachdem er mir alles genau erklärt hatte, ging ich in den Salon, um Madame Bescheid zu geben. Monsieur saß mit aufgeschlagener Zeitung am Frühstückstisch. »Schon wieder sind Menschen im Atlasgebirge mit Erfrierungen in Krankenhäuser gekommen«, sagte er. »Das ist schlimm. Ich habe schon zwei Säcke mit warmen Sachen zusammengepackt«, erklärte Madame. »Heute ist der letzte Abgabetermin«, entnahm Monsieur der Zeitung. »Ich werde sie so schnell wie möglich abgeben«, entgegnete Madame. »Ja, Aicha?« Madame hatte mich bemerkt. »Ich habe mit Younis gesprochen. Ich kenne den Weg. Wir können fahren, wenn Sie soweit sind.« »Danke, Aicha. Ich denke, ich werde es heute Vormittag nicht mehr schaffen. Wir bringen erst die warmen Sachen zu der Hilfsorganisation.« Ich nickte.

Dann machte ich mich an die Vorbereitung des Mittagessens. Paula spielte neben mir auf dem Fußboden mit kleinen blauen Bällen, die verschiedene Geräusche machten. Das Haus der Valettes war eines der wenigen Häuser, das eine richtige Heizung hatte. Die meisten Familien hielten sich zu dieser Jahreszeit tagsüber in der Sonne auf. Abends und nachts blieben sie zusammen in einem Raum, den sie mit einer kleinen Elektroheizung wärmten. Die Ausländer, bei denen ich bisher gearbeitet hatte, sind immer davon ausgegangen, dass es in Marokko immer warm sei. Einmal habe ich so gefroren, dass mir etwas schrecklich Peinliches passierte. Es war vor vielen Jahren im Januar gewesen. Mutter hatte kein Geld gehabt, um uns warme Sachen zu kaufen. Also gingen meine Schwestern und ich in dünnen Pullovern und Sandalen zur Schule. Dort gab es natürlich auch keine Heizungen. Ich saß den ganzen Tag da und rutschte auf dem Stuhl hin und her. Es war bitterkalt. Die Sonne zeigte sich an diesem Tag noch nicht einmal. In den Pausen lief ich hin und her. Warmes Wasser gab es auf den Toiletten auch nicht. Das einzige, was uns zumindest von innen etwas aufwärmte, war der warme Tee. Kurz vor Schulschluss passierte es dann. Meine Füße und mein Hintern waren so kalt, dass ich sie kaum noch spürte. Plötzlich merkte ich, wie es mir an den Beinen warm wurde. Ich blickte zwischen meine Beine und sah das Missgeschick. Meine Klassenkameraden tuschelten. Danach sprangen einige auf und zeigten mit dem Finger auf mich. Ich schämte mich noch zwei Schulhalbjahre lang. Mutter erklärte mich für zurückgeblieben und sagte, dass man mich nirgends mehr mit hin nehmen könnte.

»Wir können dann los.« Madame Valette rieb sich die Augen vom Mittagsschlaf. »Ich zieh' mich schnell um«, entgegnete ich.

»Das steht dir, Aicha. Was ist das?«, fragte Madame später im Auto. »Das ist Henna.« Ich hatte mir etwas davon auf die Wangen aufgetragen, so dass sie leicht rötlich leuchteten. Wir fuhren Richtung Medina. An der Straße meines Elternhauses vorbei. Alles schien wie immer. Der Hanoud. Der Park. Die kleine Bäckerei. Ich konnte keinerlei Veränderung sehen. Das Erschreckendste für mich war jedoch: Es ließ mich völlig kalt. Ich hatte keinerlei Gefühle für meine Heimat oder meine Familie. Da war einfach nichts.

Madame fuhr rasant von einer Kreuzung zur nächsten. Wir bogen auf die Brücke von Mohammed dem Sechsten und fuhren schließlich auf die andere Flussseite, nach Salé.

»Ab jetzt musst du mir den Weg sagen, Aicha.« »Wir biegen hinter dem Bab[85] nach rechts ab.« Madame nickte. »Irgendwie kommen mir die Leute hier alle sehr arm vor. Was meinst du, Aicha? Guck mal, der kleine Junge da drüben zum Beispiel. Er hat einen selbst gebastelten Hut auf und nur ein schmutziges Unterhemd an.« »Ich würde sagen, dass es keinen großen Unterschied macht. Hier oder in L'Ocean in Rabat, in dem Stadtviertel in dem ich aufgewachsen bin«, erklärte ich. Madame zog die Augenbrauen hoch. »Kif-kif[86]«, sagte ich und machte eine gleich bedeutende Handbewe-

---
85 Tor
86 ein und dasselbe

gung. »Und wie jetzt weiter?«, fragte Madame. »Nun fahren wir circa zwei Kilometer am Fluss entlang Richtung Norden und dann müssten wir eigentlich da sein.« Ich rutschte nervös auf dem Sitz hin und her. Madame schien das zum Glück nicht zu bemerken.

»Da vorne ist es. Das grüne Schild mit weißer Aufschrift.« So hatte es mir Younis erklärt. »Fruits et légumes de la campagne[87]«, stand darauf. Wir nahmen den erstmöglichen Parkplatz und stiegen aus. Um uns herum war Staub aufgewirbelt. In der Sonne war es brütend heiß. »Was für eine Hitze!«, entfuhr es Madame und siewischte sich den Schweiß von der Stirn. »Da drüben ist der Eingang«, zeigte ich mit dem Finger und zupfte meinen Hijab zurecht. »Salam-al-laikum«, begrüsste uns ein freundlicher Herr. »Al-laikum-assalam«, entgegneten Madame und ich zeitgleich. Wir standen in einer kleinen weißen Lagerhalle mit vielen verschiedenen Holzregalen. Es duftete nach Kräutern und frischen Erdbeeren. Madame war sichtlich beeindruckt. »Schau nur, was es alles gibt. Hier der Salat, kein welkes Blättchen findet sich daran.« Ich konnte mich nur auf eines konzentrieren: »Wo ist Younis?« fragte ich schließlich ungeduldiger als gewollt. Der freundliche Mann schaute mich erstaunt

---
87 Obst und Gemüse vom Feld

an. »Sie meinen Monsieur Alaoui?« Verdutzt sah ich ihn an. »Ähm ja, ich glaube schon.« »Der ist heute Morgen nach Casablanca gefahren. Haben Sie vorbestellt?« Enttäuscht blickte ich zu Boden. »Komm mal her, Aicha. Du musst dir dieses Gemüse anschauen«, rief Madame zum Glück in diesem Moment. Und in der Tat hatte Younis hier ein kleines Paradies geschaffen. Die Preise waren natürlich nicht mit denen in der Medina vergleichbar, aber vermutlich kauften hier auch überwiegend Ausländer ein. Innerhalb weniger Minuten hatte Madame einen riesigen Korb mit Obst und Gemüse zusammen gesammelt. »Möchten Sie auch die Felder besichtigen?«, fragte der Verkäufer. »Ja, unbedingt«, rief Madame freudig. Der Mann lobte Younis in den höchsten Tönen. »Bevor Monsieur dies hier alles angebaut hat, gab es nichts. Außer Erde und Staub.« Er zeigte uns stolz die Obstbäume, die Gemüseplantagen und den anderen Lagerraum. Alles war sauber und ordentlich. Madame klatschte lächelnd in die Hände. »Das ist wirklich ein Geheimtipp, Monsieur. Ich werde sie weiterempfehlen.« »Danke, das ist sehr nett von Ihnen. Hier ist unsere Karte, Madame.« »Merci.«

Wir gingen zurück zum Auto. Den vollen Korb konnten wir zu zweit kaum tragen. Madame öffnete den Kofferraum. In dem Moment kam ein Auto auf den Parkplatz gefahren und parkte direkt vor dem Gebäude. »Salam.« Die Stimme kannte ich doch. Die Männer begrüßten einander. »Younis!«, dachte ich. Madame wollte gerade einsteigen und losfahren. Sie sah meinen Blick und sagte: »Geh ruhig hin und sag »Hallo«, Aicha. Ich erledige in der Zeit einen Anruf.« »Dankesehr, Madame.« Schnell ging ich zum Verkaufsraum hinüber. »Salam«, sagte ich schüchtern. Younis drehte sich sofort um und sah mich mit leuchtenden Augen an.

»Hallo Aicha!«, rief er und strahlte. »Ich danke dir, dass du gekommen bist. Ich hatte schon Angst...« »Ich muss los. Madame wartet auf mich«, unterbrach ich ihn. »Kommst du wieder? Bald?« »Inschallah«, entgegnete ich. Wir küssten uns rasch auf die Wangen und er hielt für einen ganz kurzen Moment inne. Mir wurde heiß. Ich hielt die Luft an. Dann lief ich schnell zum Wagen. »Danke nochmal, Madame«, sagte ich außer Atem und dann fuhren wir auch schon los.

Kapitel 11: Wie ich das Glück fand

Wir waren kaum wieder auf der Straße Richtung Rabat unterwegs, als mein Handy piepste.

Ich warf einen schnellen Blick darauf. Eine SMS. »Younis!«, entfuhr es mir leise. Mir wurde flau. Madame war immer noch ganz hingerissen von unserem Einkauf und zählte auf, was ich aus den verschiedenen Gemüsesorten alles kochen sollte. Ich spielte mit dem Handy in meinen Händen herum und hielt die Neugier schließlich nicht mehr aus. Ich öffnete die SMS.

»Ehrlich gesagt, vergeht kaum noch ein Moment, an dem ich nicht an Dich denke, Aicha. Younis«, las ich.

Mir wurde noch flauer. »Mince Alors!«, dachte ich. Dann wurde mir heiß, kalt, heiß, kalt. Ich hätte heulen können vor Glück. Nie und nimmer hätte ich damit gerechnet, dass mir ein Mann und dann auch noch ein solcher Mann, wie Younis, jemals im Leben so etwas schreiben würde. Ich drückte das Handy an mich und dankte Allah. Den restlichen

Tag war ich völlig gedankenverloren. Ich las die SMS wieder und wieder. Was sollte ich nun tun? Ich hatte ja überhaupt keine Erfahrung mit so etwas. Ich beschloss, mich an Samira zu wenden und rief sie an.

Es klingelte zweimal. »Alo?«, hörte ich eine Stimme fragen. »Samira? Ich bin's Aicha.« »Aicha! Endlich meldest du dich.«

Wir verabredeten uns für den frühen Abend im Park. Ich hatte bisher noch nicht auf Younis' SMS reagiert.

Wir saßen im Schatten auf einer Bank und ich war so froh, dass sie da war. Samira wollte alles ganz genau wissen. Wie wir uns kennengelernt hatten, wie er aussah, wie er sich ausdrückte, wie er sich kleidete, einfach alles interessierte sie. Ich war erstaunt, wie viele Details ich aufzählen konnte. Dabei hatte ich ihn erst dreimal gesehen.

»Aicha, du weißt schon, was dieses Gefühl hier...« Sie drückte leicht mit dem Zeigefinger in meinen Bauch. »... bedeutet.« Ich schaute sie mit großen Augen an. Sie nickte. Ich grinste. Sie drückte mich an sich. »Ruf ihn an!«, forderte Samira mich auf. Ich zögerte. Mir wurde wieder ganz flau. »Du möchtest ihm nicht antworten?« »Doch, aber... ich traue mich nicht.« »Dann schreib ihm eine SMS zurück.« Ich kramte mein Handy hervor. Eine neue Nachricht leuchtete auf dem Display auf. Younis!

Mir wurde wieder heiß und kalt. »Na los, sieh schon nach, was er geschrieben hat«, sagte Samira ungeduldig.

»Kann ich dich treffen?«, schrieb er. Mein Herz hüpfte vor Freude auf und ab. Ich überlegte kurz. Ich musste heute nicht mehr arbeiten. Also schrieb ich: »Bin im »Parc d'essai«.«

»Warte auf mich!«, antwortete er direkt. Samira drückte meine Hand und küsste mich zweimal auf die Wange. Dann zubbelte sie meine Djellaba und meinen Hijab zurecht. Sie kramte eine kleine Flasche mit Rosenwasser aus ihrer Tasche und verteilte ein paar Tropfen auf meinem Hals und an meinen Handgelenken. »Danke, Samira.«

»Ich gehe dann.« Sie strich mir ein letztes Mal über die Schulter und ließ mich allein.

Ich legte den Kopf zurück und versuchte, nicht so aufgeregt zu sein. Ich schloss die Augen für einen Moment, bis ich eine Hand auf meinem rechten Unterarm spürte. »Hallo, Aicha.« Younis küsste mich auf beide Wangen. Ich räusperte mich. »Hallo, Younis. Ich...«

»Aicha«, unterbrach er mich. »Ich möchte dir etwas sagen.« »Ja?« Mein Herz pochte und ich wartete gespannt ab.

»Ich möchte deinen Vater um deine Hand bitten.«

Im Nachhinein betrachtet, kann ich froh sein, dass ich nicht ohnmächtig geworden bin. So sehr war ich von Younis' Antrag überwältigt. Mit allem, nur nicht damit, hatte ich gerechnet. »Al hamdullilah«. Danach verlief alles wie in Zeitlupe. Er brachte mich nach Hause, also zu Madame und ich konnte den ganzen Tag lang nicht mehr aufhören zu grinsen. Schließlich verkündete ich es am Abend Madame Valette. Sie freute sich so sehr für mich und führte mich gleich zu ihrem Kleiderschrank, um nach einem schönen Kleid für mich zu suchen. »Dankesehr, Madame. Das ist sehr großzügig und lieb von Ihnen, aber ich werde etwas Marokkanisches tragen.« »Dann schenke ich dir das Kleid eben für später. Nach der Hochzeit.« Sie umarmte mich und drückte mich an sich. Annabel kam herbeigelaufen und nahm ihre Hochzeitsbarbie aus dem Regal. »Aicha, guck mal!«, rief sie. »So siehst du auch bald aus.« Ich nahm Annabel auf den Arm und tanzte mir ihr durch das Zimmer.

»Meine Familie ist eine Schande, Younis. Bitte lass uns nicht länger bleiben, als nötig.« Wir standen vor der Eingangstür meines Elternhauses und Younis trat aufgeregt von einem Bein aufs andere. »Was willst du denn hier?« Khadija lugte wie immer oben am Fenster. »Wir wollen zu Vater.« »Der ist nicht hier und wer ist das?« Sie zeigte auf Younis. »Will er dich etwa heiraten?« Sie lachte verächtlich. »Wo finde ich ihn?« »Vermutlich im »Café chez Mustafa«,« antwortete sie schnippisch. Ohne uns zu verabschieden, gingen wir in Richtung Café. Vater saß zusammengesunken über einer Tasse Kaffee und war offensichtlich eingenickt. Ich setzte mich neben ihn und legte meine Hand auf seine Schulter. Younis war etwas abseits stehen geblieben. Vater brauchte eine Weile, ehe er zu sich kam. »Aicha?« Er zuckte zusammen. »Hat Mutter dich geschickt?« »Nein, Vater. Ich komme aus einem ganz anderen Grund.« Ich deutete auf Younis und er eilte herbei. »Ich möchte dir jemanden vorstellen, Vater.« Vater blickte Younis aus seinen müden trüben Augen an. Younis kniete nieder und küsste die rechte Hand meines Vaters. »Woher kommst du und wer sind deine Eltern, Junge?« Vater sah Younis prüfend an. Dann bat er ihn, sich zu setzen und bestellte Tee. »Schoukran, Sidi«, sagte Younis und dann erzählte er:

»Geboren bin ich in Kenitra. Aufgewachsen in Salé. Meine Kindheit verbrachte ich am Strand. Ich habe zwei Brüder. Mein Vater hatte einen Obst-und Gemüsehandel, davon lebten meine Eltern. Mein Vater ist vor fünf Jahren verstorben. Herzinfarkt. Ich habe die Schule abgeschlossen und interessiere mich schon seit langem für die Landwirtschaft. Heute habe ich eine Plantage in Salé. Wir bauen Gemüse an und haben Obstbäume. Das Geschäft läuft sehr gut.« Vater nickte aufmerksam. Er schlürfte einen Schluck Tee. »Welchen Imam habt ihr vorgesehen? Wo wollt ihr wohnen?« Vater hatte einige Fragen an uns. Dann wandte er sich zu mir. »Weißt du, Aicha. Ich habe immer gehofft, dass du deinen Weg gehst und glücklich wirst. Nun bin ich überrascht, da ich zuletzt immer davon ausging, dass du nicht heiraten willst.« »Ich konnte doch nicht ahnen, dass es Younis gibt«, sagte ich entschuldigend und Younis' Augen leuchteten.

Vater gab mich frei und auf einmal ging alles ganz schnell. Samira half mir dabei, ein Brautkleid auszusuchen. Younis traf sich mit dem Imam seiner Moschee. Wir entschieden uns für eine Trauung im kleinen Kreis. Das Gegenteil zu normalen marokkanischen Hochzeiten. Zu diesen werden unzählige Gäste eingeladen, die dann meistens noch jemanden mitbringen. Je mehr Kleider die Braut trägt, desto höher ist das Ansehen der Familie. Es gibt eine unvorstellbare Menge an Essen und es wird die meiste Zeit getanzt. Für uns kam das alles nicht in Frage. Wir hätten es auch gar nicht bezahlen können. Dafür kam unsere Entscheidung zu kurzfristig. Wir wünschten uns etwas Bescheidenes, aber Besonderes.

Die Zeremonie fand in Younis' sonnigem Garten unter blühenden Kirschbäumen statt. Im Anschluss gab es Tee mit Minze aus Younis' Garten und süße marokkanische Köstlichkeiten, die unsere Mütter vorbereitet hatten. Meine Mutter war an dem Tag ungewöhnlich aufgekratzt. Wann immer sie an mir vorbeiging, zupfte sie irgendein Stück Stoff meines Kleides zurecht. »Lass es gut sein«, zischte ich. Und dann lächelte sie wieder zu den anderen Gästen. Younis' Mutter dagegen war wirklich ein Engel. Immer und immer wieder küsste sie mich und dankte Allah, dass er ihrem Sohn eine Frau wie mich ausgesucht hatte.

Überhaupt hatte Younis eine sehr nette Familie. Seine beiden Brüder hatten schon ein paar Kinder, die sich in dem großen Garten sichtlich wohlfühlten, da es einiges zu entdecken gab. Meine Schwestern standen nur eingebildet im Weg herum und fächerten sich gegenseitig Luft zu.

Younis beeindruckte mich immer wieder aufs Neue. Wie er mit den Gästen umging. Er war sehr gastfreundlich und kümmerte sich um alle. Dabei ließ er mich nicht aus den Augen und blinzelte mir immer wieder zu.

Es war unser Tag und ich fühlte mich wie eine Prinzessin. Mein Kleid war roségoldfarben und reichte mir über die Handgelenke. Dazu trug ich goldene handgemachte Schuhe mit einem kleinen Absatz. Das Kleid hatte ein Stück Schleppe. Samira hatte mich geschminkt und ihre Schwester hatte mir die Haare eingedreht und hochgesteckt. In der Mitte steckte ein verzierter goldener Reif. Younis' hatte mir Ohrringe geschenkt, die mir schon aufgefallen waren, als wir die Ringe ausgesucht hatten.

Ich war die stolzeste Frau im ganzen Königreich.

Kapitel 12: Das große Fest und das weinende Mädchen

Ich zog vorerst in Younis' Wohnung an der Medina in Salé ein. Diese war spartanisch eingerichtet. Er ließ mir freie Hand bei der Verschönerung. Ich suchte rote Teppiche für den Salon aus und bestand auf einen modernen Gasherd.

Ich nahm nun immer den Bus von Salé nach Rabat und zurück. Außer montags, da brachte Madame mich mit dem Auto, da sie bei Younis Obst und Gemüse einkaufte. Die Arbeit bei der Familie Valette machte mir weiterhin viel Spaß. Ich wurde respektvoll und gleichwertig behandelt. An die Vergangenheit bei den anderen Mesdames dachte ich kaum noch. Die Zeit heilte alle Wunden und nichts geschah umsonst. Dies war mir mittlerweile klar.

Paula konnte schon laufen, als ich es eines Morgens gerade noch rechtzeitig zur Gästetoilette schaffte, um mich zu übergeben. Sie stand in der Tür und zeigte mit dem Finger auf mich. »Maman, maman. Aicha spuckt.« Madame Valette reichte mir ein Taschentuch. »Danke. Ich denke, ich habe nur etwas Falsches gegessen.« Ich wischte mir schnell den Mund ab und machte mich wieder ans Fenster putzen. In den nächsten Tagen wurde es jedoch nicht besser. Ich war sehr schlapp und müde. Madame ordnete an, dass ich mich nachmittags hinlegen sollte. Als ich aufwachte, fand ich eine Apothekenverpackung neben meinem Bett. Darin war ein Schwangerschaftstest. »Mon dieu!«, sagte ich leise. Könnte es denn wirklich sein? Wir waren doch erst seit ein paar Wochen verheiratet. Ich dachte nicht, dass das so schnell passieren könnte. Ich las mir die Gebrauchsanweisung durch und führte den Test am Abend zu Hause durch.

Younis kam erst nach Hause, als es schon dunkel war. »Ich habe mit Abdel noch das zweite Feld umgegraben. Morgen soll es regnen. Dann wird die Erde locker bleiben.« Ich sagte nichts. »Ist was Aicha?« »Ich, ähm, nein«, stammelte ich. »Du bist ja ganz blass«, entgegnete Younis.

Ich zeigte auf den Tisch, auf dem der Test lag. »Was ist das?«, fragte Younis erstaunt. »Ein Schwangerschaftstest«, antwortete ich. »Ein Schwangerschaftstest? Wieso das denn?«

»Weil ich schwanger bin, Younis.«

Younis sagte nichts. Er blieb in der Tür stehen und starrte mich an. Dann blickte er zum Tisch und wieder zurück. Plötzlich fingen seine Augen an zu leuchten und er breitete seine Arme aus. »Al hamdullilah!!!«, schrie er vor Freude. Ich lief zu ihm und nahm ihn an den Händen. »Wir bekommen ein Kind!«, rief er. Younis kniete vor mir nieder und küsste meinen Bauch.

Zu unserem ersten gemeinsamen Eid-Fest[88] setzten die Wehen ein. Wir waren gerade beim Nachtisch (Chebakkia[89]) angekommen, als ich mich vor Schmerz krümmte. Younis lief aufgeregt umher und suchte nach den Autoschlüsseln. Das nächste Krankenhaus war nicht weit entfernt.

Im Eingangsbereich lief ein wilder Hund umher und an der Anmeldung war niemand zu sehen. »Hallo?«, rief Younis laut. »Meine Frau bekommt jetzt ein Kind. Inschallah.«

Nach fünf Stunden war es endlich soweit. Die Hebamme hatte bereits alles vorbereitet, als Doktor Bachouchi eintraf. Es war der schönste Moment in meinem Leben, als ich mein Baby in den Armen halten durfte.

»Wie soll sie denn heißen?« fragte der Doktor.

---

88 Fest des Fastenbrechens
89 traditionelles marokkanisches Gebäck zum Fastenbrechen

»Saloua«.

Nachwort

Auch wir beschäftigten eine Bonne.

Für mich war sie jedoch keine Angestellte, sondern vielmehr eine Mutter, Freundin und letztendlich auch Oma für meine Tochter, die in Marokko zur Welt kam. Eben ein sehr wertvoller Mensch. So fühlte sich auch Aicha an der Seite von Saloua...

Und während ich schrieb, kamen mir erst die Gedanken und Ideen für die Geschichte und ich konnte es nicht erwarten das nächste Kapitel und das Ende dieses Buches zu schreiben und zu lesen.

Es ist nie zu spät, menschliche Stärke zu zeigen und empathisch für Andere einzustehen. Das Leben ist ein Geschenk. Um glücklich zu sein, braucht man nicht viel. Behandle die Menschen so, wie du selbst auch behandelt werden möchtest (Danke Räschli!). Das, was du gibst, findet auch sicher wieder zu dir zurück.«

»Man sieht nur mit dem Herzen gut. Das Wesentliche ist für das Auge unsichtbar.« (Der kleine Prinz - Antoine de Saint-Exupéry)